秘语棉衍

陈心哲 著

图书在版编目(CIP)数据

秘语棉衍 / 陈心哲著. —南京：江苏凤凰文艺出版社，2023.1
　ISBN 978-7-5594-7185-7

　Ⅰ.①秘…　Ⅱ.①陈…　Ⅲ.①长篇小说-中国-当代　Ⅳ.①I247.5

中国版本图书馆CIP数据核字(2022)第175142号

秘语棉衍

陈心哲　著

出 版 人	张在健
责任编辑	孙建兵
特约编辑	王　怡
责任印制	刘　巍
出版发行	江苏凤凰文艺出版社
	南京市中央路165号，邮编：210009
网　　址	http://www.jswenyi.com
印　　刷	苏州市越洋印刷有限公司
开　　本	880毫米×1230毫米　1/32
印　　张	8.5
字　　数	160千字
版　　次	2023年1月第1版
印　　次	2023年1月第1次印刷
书　　号	ISBN 978-7-5594-7185-7
定　　价	68.00元

江苏凤凰文艺版图书凡印刷、装订错误，可向出版社调换，联系电话 025-83280257

@Whispers

自　序

2013年的某个阴雨天，我在宿舍的阳台上打了个喷嚏，随即我就收到了好友桃小雯的短信，她告诉我她恋爱了。当时的我问这问那，很是新奇，还有些迫不及待地想作为闺密团代表敲几顿竹杠。桃小雯明显是沉醉其中，朋友圈里满满当当都是粉色泡泡，和我煲电话粥时也是三句不离他。但待我从电话和微信朋友圈中完全把桃小雯男友的情况摸清之后，桃小雯的朋友圈突然变成了一条黑线，那条尴尬的黑线在我们的圈子中引起了热议，大家都说着自己的猜测，但是没有人愿意发消息主动问一问桃小雯到底发生了什么，因为他们一致认为，桃小雯把我们都拉黑了，再联系也是没有什么意义的。

当然，作为桃小雯的好友之一，我在犹豫踟蹰了一周之后给桃小雯打去了电话。她告诉我，她分手了，没有脸在微信朋友圈里混了，所以就采用了自动消失的方式，这是最为简单的和过去断联的方式。我建议她去跟朋友解释一下，但她拒绝了，理由是，真心朋友一定会打电话听听她的解释的。

后来微信陆续推出了朋友圈三天可见、半年可见以及分组的功能。我想若是早一些，桃小雯的朋友圈就不会发生地震了，一切就这么波澜不惊地悄悄过去。

半年以后，桃小雯去了别的城市生活，她告诉我，在她最为低落的时候，她在豆瓣认识了一个和她一样喜欢电影的网友，她去了他的城市，她的朋友圈也重生了，我们还是和过去一样点赞，一切都真的好像重新开始了一样。又隔了半年，桃小雯的朋友圈又变成了一条黑线，这次她主动给我打电话，告诉了缘由，结果是可想而知的，她认识了一个不靠谱的网友，她的生活变得一团糟，而她前男友的朋友圈时不时地刺激着她，只是这一次，她再也不能那么容易地重新开始了，她被朋友圈困住了。

再后来桃小雯的朋友圈只有一条状态，目的是为了显示她没有拉黑大家，而她再也没有给任何一个人点过任何一个赞。

于是，在2014年，每晚11点后，等我舍友都熄灯睡着了，我打开那盏在教育超市买的小台灯，拿出一本参观"南京发布"时收获的笔记本，用绿色的墨水写了一个故事《朋友圈——谋杀你的友谊》。但我本人对于朋友圈以及其他社交网络，还是非常喜爱的，当时的我还运营着南大研会的微博，因此觉得这个故事从题目到内容都有些过了，这本笔记本就随同我学生时代的其他物件一齐被打包回家，遗忘实在是太过容易了。

2020 年开年，一场疫情把我的活动范围局限在了书房，我每天就对着书柜闲逛，在抽屉里翻来翻去，这本笔记本也终于在 6 年后重见天日了。看完后，我想，在今天，在这个社交网络越来越发达的今天，我们到底会爱上什么样的别人，又会欣赏什么样的自己？我的脑海里蹦出了许多个词，热情坦荡、真实明朗、快乐无忧、活泼热心，但这些词都不足以让我想到一个确切的答案。我们好像被什么困住了，无法看明白哪个才是真实的自己。

存在感变成了我们的生活目标，每天打开手机 App，刷刷朋友圈，翻翻微博，总觉得自己必须要说些什么，于是我们就去酝酿一些没来由的情绪，发一些不痛不痒的状态，路过点个赞，刷过点个心，一定要留下一些痕迹。但这些痕迹给我们造成了新的困扰，于是瞻前顾后成了我们的常态，过去的我和现在的我以及未来的我一定要匹配，我们似乎不能接受 10 年前那个傻里傻气刚进校园灰头土脸的自己。于是我们太轻易地就去删除，太过容易地就去质疑自己，想要和过去的自己撇清关系。更为重要的改变在于我们蜻蜓点水般的友谊，和那些匆匆忙忙的爱情。我们活得好像越来越极端了。异常孤独的时候，只要拿起手机，我们就可以找到很多朋友，随时随地，天南海北；异常热闹的时候，只要拿起手机，我们就可以陷入自己的世界，对外界的一切不闻不问。

在社交网络上，我们可以随时出现，也可以随时离开，我们好像活得随心所欲，但实则包袱重重。鉴于此，我打算把这个躺在纸上的故事输入电脑，稍做改动。不知 6 年前的那个我是否满意现在的这个故事，但请允许我给这个故事改一个至少看似温柔的题目吧，温柔是我们对自己，也是对这个世界最大的善意。

2020 年 5 月于苏州

目 录

寻找大Ⅴ之销号风波 …… 001
前篇：阶前的星星 …… 016
寻找大Ⅴ之发帖求助 …… 047
前篇：猫爪与毛线团 …… 060
寻找大Ⅴ之集思广益 …… 083
前篇：玫瑰花下 …… 098
寻找大Ⅴ之粉丝集会 …… 133
前篇：冰块里的鱼 …… 146
寻找大Ⅴ之新的达人 …… 169
前篇：秒针嘀嘀嗒 …… 180
寻找大Ⅴ之接近真相 …… 214
前篇：消失的线头 …… 223
寻找大Ⅴ之再次再见 …… 245

愿我们炽热地爱着这个世界

爱着光

爱着花草

爱着滚滚星河

爱着那一粒粒细小的尘埃

寻找大V之销号风波

微博大V、知名情感博主棉花猪蹄煲，清空并注销微博，销声匿迹，截图为证。

棉花猪蹄煲？

这是一个拥有500万粉丝的微博账号，从注册到现在已有6年的时间，被粉丝们昵称为棉宝、猪蹄煲、棉棉等等。棉宝拥有一个还算像模像样的粉丝协会，其粉丝一般自称为棉粉，当然也有人喜欢称自己为猪蹄粉。协会中也潜藏着一些虫牙粉，他们悄悄潜入其中，暗中观察。这些虫牙粉一经被抓，自然是面临一番狂轰滥炸，继而被拉黑踢出。

自棉花猪蹄煲运营以来，并没有发生过什么大风波。小插曲肯定是有过几次的，诸如因为敲了错别字，无心推荐了热门茶饮或者是评论转发了另一位知名博主的微博而不小心上了热搜，但很快也就被其他热浪盖过。最近的一次冲击让棉宝在热搜上徘徊了有四五天之久，不知这次的销号是否与之有关。

　　棉粉们表示异常担心棉宝的人身安全以及其精神状况。鉴于此，粉丝协会的会长，微博名为月亮大婶的账号，已经开始发帖求助了，寻找棉花猪蹄煲的计划在销号后的1小时23分钟09秒正式开始。

　　上午8点，正是地铁最拥挤的时候，上班族们潮水般涌入进站口，一手拿着手机，一手拿着鸡蛋饼，力争在上地铁前啃完。人们背贴着背互相挤压着，车窗上已起了淡淡的雾气，这座城市的雾霾已经从地面蔓延到了地下。棉宝销号的消息已然传遍了这座城市，这个账号每天定时更新，6年里面从未间断，慰藉着这座拥挤城市中那些孤独的灵魂。而此时此刻，这些早已养成习惯的灵魂们，正在疯狂刷着微博，希望能够从评论中发现一些端倪，借此解释销号的异常之举。

　　姚念菲，江州大学在读硕士，正在赶往江州电视台，距离毕业只有2个月了，她还在为自己的工作焦虑。她正在用一个名为"果敢的菲菲女士"的账号刷着热搜，和所有人一样，今天她也没有等到大V的早安，她的主页现在很不好看，几乎所有转发的微博都呈删除状态。

"完了完了，菲菲，棉宝销号了，这，这最近挺风平浪静的，她怎么就销号了呢？"站在旁边的严予慈一手拉着扶手，一手刷着手机，她摇摇晃晃地穿着一双黑色的小高跟鞋，鞋面上的小水钻在地铁灯光下，跳跃出活泼的光亮。姚念菲轻描淡写地说了一句："不想做了呗。"继续两眼无神地注视着前方。

严予慈不满地看向了姚念菲，然后用硬生生的口气说道："你，说起来容易，500万粉丝的大V，说销号就销号，这号值很多钱呢。"姚念菲看了一眼严予慈，带着玩笑的口气说："小慈小慈，你就知道和钱换算。"严予慈把一只手肘搭在了姚念菲的肩膀上，嘻嘻笑着说："这不是，咱俩都还没工作吗。缺！"她努了努嘴，又对身边的姚念菲说，"欸，菲菲，你看我这身正装怎么样？"姚念菲顶着两个大大的黑眼圈，眼睛还有些水肿，她略微撇了撇头，打量了一番严予慈。她今天出门太急了，现在才有时间仔细观察一下她的舍友。姚念菲点了点头说："可以，江州银行就缺你这样的美少女。"

严予慈拿出手机，对着屏幕照了照，又低头自我打量了一番，颇为满意。既然得到了舍友的赞美，她的注意力又回到了热搜上面。"菲菲，你说这棉宝怎么就能销号了呢，我都看习惯了。"严予慈说完，靠在了姚念菲身上，姚念菲只觉右边半身都有些重，她也不知道原因，所以只能安慰道："小慈，没事儿，我可以每天发微博，@你啊。你也会习惯的。"严予慈轻轻哼了一声，小声嘀咕道："是的，'果敢的菲菲女士'，100来号粉丝，一大半都是我们的同学，剩下一半是僵尸粉。不过，你做什么我都支持你。"姚念菲没有回答，严予慈继续靠在她的舍友身上，车上的人也渐渐少了，周围的空间也宽敞了许多。

地铁再一次响起了到站提醒，严予慈站直了身体，她的声音混合着报站的声音一起传到姚念菲的耳朵里，"好了，我下车了，祝我成功。""加油！小慈！"姚念菲举手向严予慈挥了挥。"嘟嘟"几声提示音后，地铁的门关上了，姚念菲的耳畔突然一片安静，可爱的小蜜蜂飞远了。

又经过两站路，姚念菲也到站了。下地铁后，她随着人潮出了站，现在正是江州最美的季节，阳光不太耀眼，带着淡淡的温度，天空也是淡淡的蓝色，飘浮着几片毛茸茸的云朵。一阵香蕉花的香味飘来，让人觉得这个季节有些腻腻歪歪的甜。但姚念菲想到这几个月来她持续浑浑噩噩的状态，好朋友中只剩自己还没找到工作，情绪不免有些不合时宜地低落起来。今天是这个月的最后一场面试了，她离毕业也不远了，一定要加油啊。

姚念菲边走边举起手握了握拳头，放下手的一刻为自己的幼稚感到有些尴尬。她微微耸了耸肩膀，瞟了下四周，看到大家都在赶路或是低头玩手机，便也放轻松了很多。但今天总是一个不合时宜的日子，她的脑海中响起了一个男声，那低沉温柔又带着玩笑语气的声音让姚念菲只觉头皮发麻："加入我们团队吧，老板娘。"姚念菲打了打自己的脑袋，心里不断地对自己说"没出息，没出息"。继而快步走向了广电大厦。

走进面试大厅后，姚念菲还是信心满满的，她看了看四周墙上贴着的照片，暗暗下定了留在这里的决心。面试的时间是一天，上午笔试，下午面试，她已经做好了充分的准备。她申请的职位是微博运营，虽说自己并非专业对口，但兴趣能胜过一切。上午的笔试姚念菲自觉考得还是很不错的，至少是发挥了自己的水平。但到了下午，她对于自己成功概率的预估又低了一些。

姚念菲所在的这一组有10人，但这一组的男女比例也是让姚念菲大为震惊，1位男生，其余都是娘子军。无疑，性别上姚念菲完全没有优势。而在一群女生中间，单从外貌上来比较，姚念菲也不是很出众。她戴着眼镜，扎着马尾，牛仔裤帆布鞋，从头到脚都是掩饰不住的学生气。姚念菲有些后悔了，应该听小慈的，至少得弄一下头发，穿一件精心挑选的套装，气场也不至于像现在这样弱弱的。但她转念一想，自己好歹也是国内名校的学生，学历应该还是能拼一拼的，颜值不够气质凑，气质不行智商凑，智商再不行的话，还有运气，她的信心又回来了几分。但这个叫作信心的东西也只在姚念菲的心里住了大概几秒钟，她听见旁边三个聚在一起的女孩子说，她们三个都是海归。姚念菲看了看自己手里的简历，不自觉地噘了噘小嘴。

排队进场后，面试的氛围倒比姚念菲想象中好很多。按照顺序，姚念菲被安排在了门口的位置，离面试老师坐得最远。坐下后，姚念菲定了定神，环视一下四周，和旁边的女生点了点头，表示友好。"大家轻松一些，先自我介绍一下。从你开始。"面试老师指了指离她坐得最近的那位男生。姚念菲听了前8位的自我介绍，她顿时觉得自己真是一张白得不能再白的白纸。她深吸了一口气，把出着冷汗的手在牛仔裤上轻轻地擦了几下，指尖还是湿乎乎的。

"大家申请的职位是和微博有关系的，不知大家有没有关注今天的微博。""棉花猪蹄煲退微博了。"还未等面试官说完，姚念菲脱口而出的这句话让在场的所有人愣了一下。随即，面试官鼓了两下掌，继而又对姚念菲说："那你怎么看？"姚念菲只觉得嘴角紧张到抽搐："我，我，这是博主自己的选择，我没，没什么特别的想法。"面试官又看了看周围的其他人，然后说道："那大家觉得呢？"其余几位面试者都滔滔不绝地说了很多，其中有姚念菲听得懂的，也有姚念菲听不明白的。她只觉自己心跳越来越快，后面的常规问题也只是按部就班地回答了，毫不出彩。

走出大厅那一刻，她回头望了望广电大厦，自己这一次怕是又要落空了，她有些后悔自己当时脱口而出的那句话，她总是那么不成熟，总是会在关键时刻掉链子。她在门边不显眼的位置站了一会儿，抬头看看那还是淡蓝色的天，不免对自己又心生失望。低头看一眼自己的帆布鞋，姚念菲发现上面有些小小的污渍，应该是走路时不小心溅上去的小泥点子。正当她打算迈步离开时，那个不合时宜的声音又在她耳边响起："菲菲，老板娘，加入我们团队吧。"姚念菲歪了歪头，用冰凉的手指拍了拍自己的小脸，自言自语道："没出息。"然后离开了江州电视台。

姚念菲顺着人行道一路往地铁站方向走去，"叮咚"，一条手机短信，她点开一看，是严予慈的。"菲菲，求你路过购物中心帮我带份串串香吧，求你了。"姚念菲心想，这个家伙，第一天去报到，还有空想好吃的，真是厉害。她本打算回学校的，既然严予慈要吃串串香，她也有点想散散心，那就晚些时间再回学校吧。

去到购物中心后，姚念菲没有直奔串串店。她打算去中心一楼她最喜欢的咖啡店休息一下，今天她的心情翻滚不定，心跳的节奏好像也有些不整齐，时间还多，她可以去那里定定神的，然后再搜索一下新的招聘信息，最后再给严予慈买些好吃的带回宿舍。姚念菲找了一个角落靠落地窗的位置，她想在这里看着那些来来往往的人发一会儿呆，不孤单，但却安静无声。

姚念菲看看窗外，淡蓝的天空已经有些傍晚的意思了，亮光模模糊糊的，她只觉眼睛异常酸涩。拿起手机，看了看手机里的自己，黑眼圈特别大，苹果肌上还冒出了两颗淘气的小痘痘。姚念菲小小地叹了一口气，想来今天真不是一个好日子，要不就再多给自己一些时间吧，就这样心不在焉地发一会儿呆吧，一分一秒，嘀嘀嗒嗒，姚念菲就这样用手撑着下巴，看着那玻璃窗外的种种。

许是过了很久，街景和行人渐渐模糊，姚念菲只见玻璃里清晰地映出自己和咖啡店门口进进出出的客人。现在的姚念菲，就好像一尊时装店里的模特，一动不动，桌上的咖啡早已不再冒热气了。忽然，她的上眼皮往上动了动，窗户里倒映出的咖啡厅门口出现了一个熟悉的身影，姚念菲放下了撑着下巴的手臂，放下了跷着的二郎腿，这个单一姿势保持的时间实在太长了，姚念菲现在只觉浑身酸疼，关节僵硬。她勉强把上衣往下拉了拉，拍了拍裤子。但她的眼睛还是一直注视着那块玻璃。

徐衍，怎么这么巧？

徐衍也发现了姚念菲，他停住了脚步，眼光明显地望向了这里。今天的徐衍也有几分憔悴了。姚念菲动了动眼珠子，看了看自己的手表，晚上7点半，她已经在这里待了2个多小时了，徐衍的公司就在购物中心旁边的写字楼里，这的确是他的下班时间。

"先生，您好，需要帮助吗？"一位服务员走到了徐衍身边，客气地问道。徐衍缓过神来说道："不好意思，不用不用，谢谢。"徐衍转身打算推门而出，他回头再看了一眼那个方向，确实是姚念菲。姚念菲的睫毛快速扇动了几下，今天出门忘看黄历了。今日黄历必是不宜面试，不宜出行，不宜多虑。她对玻璃笑了笑，徐衍也对着玻璃笑了笑，随即推门而出。

姚念菲看到徐衍走后，把头转了过来，她对着手机又做出了刚才的表情，她想确认一下自己的表情是否得体。但转念又一想，其实，什么表情都无所谓了，他们都在望着玻璃里的影子罢了。

手机震动了一下，姚念菲低头点开那条信息，"菲菲，你怎么还没回宿舍，我的串串呢？"姚念菲一拍脑袋，她赶忙站起，这位呆坐了将近一下午的钉子户，终于撤离了。

出了地铁后，姚念菲快速走向宿舍，还时不时带着些小跑，回到宿舍时，已经有些上气不接下气了。门一推开，只听严予慈道："我的菲菲，你怎么才回来，我不行了，我先泡了碗面，太饿了。"姚念菲把袋子放到了严予慈桌上，没有说话，转身坐在了自己的小转椅上，喝了一大口水，继续小喘着气。严予慈边开塑料袋，边问道："你怎么了？魂丢了？"姚念菲又咽下了一大口水，然后深呼吸一口，双手无力地搭在腿上说道："今天面试不太理想。"严予慈往嘴里塞了一嘴的海带结,嚼了两下,口齿不清地说道:"嗨,没事,此处不留爷自有留爷处,咱再找,心态,心态是关键,不能崩了。"姚念菲又深吸一口气,然后伸了个长长的懒腰,今天就快要过去了,否极泰来,这个词姚念菲是相信的。她又喝了一口水,然后打开电脑。

严予慈转身看见姚念菲打开了电脑,眼珠子骨碌碌一转,端着一次性餐盒,走到她身边。"菲菲,月亮大婶说,她虽然发了个找棉宝的帖子,但是她没什么时间,想让我来做这件事儿,你帮帮我吧。"姚念菲抬头看向严予慈,有些面无表情,指着自己问道:"我帮你?"严予慈顺势疯狂地点了好几下头,然后又咬了一口手里的食物。姚念菲转头看着电脑说:"可以是可以,但是,我最近找工作。"严予慈用力地咽下了另一口海带结,蹲了下来,把手搭在了姚念菲的腿上,姚念菲顿时觉得那一块皮肤火烧一样的热,严予慈轻声细语地说道:"没事儿菲菲,很简单的,不会耽误你很多时间。"

姚念菲把头扭了过来,她抿了抿嘴说:"只是一个删除的账号,你们想找,很难的。"严予慈站了起来,有些认真地说道:"这个账号对我意义非凡,你是知道的。"严予慈的小嘴顺势嘟了起来,有些可爱的样子。"我知道我知道,你看你，嘴巴噘得老高，要不是那个每周交友帖，你也不会认识小王这个网友。""菲菲，但我跟你说，我是真担心棉宝是不是出事儿了，新闻里以前有报过网文作家在家里暴毙都没人知道的事情。"姚念菲把转椅转向了严予慈，"那只是个别案例，再说了，棉宝这个账号可能是团队行为。""哎呀，你帮不帮？还是不是我的好姐妹了？"姚念菲看着正在忸怩撒娇的严予慈，忽然觉得有些可爱，她大声地说了一句好。严予慈开心地拍了拍手，抱住了坐在转椅上的姚念菲说道："只有我们菲菲最好了。"

严予慈扭着小腰儿，一颠儿一颠儿地回到自己的地盘，呼啦啦地就把剩下的串串儿全部吃完了，她看了看时间，已经十点半了，姚念菲正打算去水房洗漱。严予慈带着些沧桑的表情，用感叹的口吻对姚念菲说道："这个点，我应该是在转发点赞的，现在，多么寂寞啊。"姚念菲笑着道："你不是有王梓奇吗？"严予慈敲了敲自己的桌子，好像一个老教务主任一样说道："你指望一个理工男给你写酸臭的晚安，还是说酸腐的睡前故事？算了吧。"姚念菲看了看严予慈，又重新坐在了转椅上，"我给你写晚安，小慈，我的第一条原创微博。"

果敢的菲菲女士：#晚安不说再见#晚安，做个美梦。@蘑菇头茜茜

严予慈才看了一眼，只听一声夸张到掀翻屋顶的叹气，"哎哟，姚念菲，不是我说你，你也算是个棉粉了，这么敷衍的吗？怎么就给我这么一个晚安呢。"姚念菲转身看向她道："那你还点赞转发？"严予慈扭了扭肩膀，再扭了扭腰，噘起了小嘴，说道："自己的舍友，能怎样？我无条件支持你。"姚念菲笑了笑说道："我重写一个，你看着，不能让你小看我了。"说完，又转身开始打字，她心想，这一次的几行字，严予慈一定会喜欢的。

果敢的菲菲女士@蘑菇头茜茜：#晚安不说再见#@蘑菇头茜茜

又是那样的阴天

将雨未雨　将风未风

又是那样的阴天

将离未离　将来未来

又是那样的阴天

雨哗地下来了

这次

我没能拥有晴天的错觉

姚念菲点击了发送,同一时间,她就听到了严予慈的欢呼声和鼓掌声,姚念菲知道,严予慈一定会喜欢的,只是这样的句子,在今天,她本是不愿意多写的。严予慈还在碎碎叨叨地称赞,她告诉姚念菲她已经转发了,而且转发的不止她一人,她又回到了往常那个简单快乐的严予慈。姚念菲任凭严予慈独自高兴着,合上了电脑,闭上了双眼,懒懒散散地靠在了椅子上。

同样合上电脑的还有丁默,他正在宿舍里吃着麻辣凉皮。刚才正在微博上闲逛的他突然看到了同学姚念菲的更新,他反反复复地读了几遍,看向宿舍有些灰尘的水泥地,往外卖盒里又倒了一小袋辣椒粉,凶猛地吃了起来。

姚念菲懒懒地靠在椅背上,脑袋里却想到了今天和徐衍重逢的场景。那样的时间地点和情节,实在是有些苍白单调,毫无戏剧性可言。按照电视剧场景,这时候应该大雨倾盆,或是流星划过,但现实真是朴素到让她遗憾。她想起了一年前的一个大雨天,当时的他们,只顾着惊叹雨后的彩虹,欣赏夜晚的星河,却不知日后会觉出这段回忆的苦涩。现在想来,那场雨,真是让他们发生了天翻地覆的变化。不过所谓的天翻地覆也是一个太过浮夸的词,年轻的时候,总是会夸张一些事情,再隔几年想起来,也只不过是一粒桌面上的灰,吹吹就不见踪影了。

前篇：阶前的星星

　　姚念菲和徐衍的这一杯重逢咖啡要归功于姚念菲千载难逢的一次误拨，以及徐衍千年不变的对于手机号的专一。

　　傻大姐姚念菲和男神学霸徐衍，从小学到高中做了12年的同桌，两人用实际行动证明了友谊的坚不可摧。但这看似地久天长牢不可破的友谊在高考后戛然而止，过程是姚念菲不愿意回想的，但越是不愿回想的事情，越喜欢时不时跳出来作祟。

　　他们的友谊结束于一次毕业聚餐，姚念菲充分展现了她的冲动与鲁莽，其实在她的印象中，自己好像只是喝了一瓶啤酒。因此，她至今仍未想通，这一瓶啤酒到底有着什么样的魔力，让她失去理智。

　　"姚念菲，你是我最好的同桌，最好的朋友，但女朋友，不行。"徐衍看着站在桌上的姚念菲，冷静地说道。姚念菲甩手一扫,杯盘落地,她一屁股坐在了一片狼藉的圆桌上,指着徐衍道:"徐衍,你装什么冷静,我不服!"徐衍看着姚念菲内涵地笑了笑,一手撑在桌上,一手去拉姚念菲。姚念菲甩开了徐衍的手,甩开的过程中,一滴红烧鱼的酱油从姚念菲的手上飞到了徐衍的鼻尖上。人群中爆发出了少年们独有的爽朗笑声,徐衍尴尬地擦了擦鼻子,对着姚念菲说道:"哥们儿,我真的不喜欢你啊。"姚念菲气鼓鼓地看着徐衍,她的脸不知是因为醉酒还是生气,红扑扑的,语气埋怨地歪头对徐衍说道:"那我们还是朋友吗?"徐衍伸出了双手,拉住了姚念菲,点了点头,"最铁的"。

可叹的是,从踏出饭店的那一刻起,姚念菲和徐衍的缘分画上了休止符,徐衍这个口是心非的人,再也没有联系过姚念菲。而更让姚念菲伤心的是,她成了全班同学眼中的花痴。

她躲在自己的小房间里苦恼了一段时间,这段时间她为徐衍拒绝她找到了两个理由,当然,理由很简单。第一,她不够优秀;第二,她的表白方式太过粗暴。总结而言,情商和智商都堪忧。

不过,祸福相依,这件事成功地激励了姚念菲,她要努力，努力成为徐衍可能会喜欢上的人。她开始研究起了恋爱理论，期待着有一天能够付诸实践，她还经历了两年考研的折磨，顺利地考上了江州大学的研究生。姚念菲算是挖掘了自己的无限潜能，但对于她自己而言，最大的发现还是她居然也能够变得内向寡言。而这件事情对于徐衍来说似乎没有什么影响，高考结束后他顺利地出国留学，留学归来后就开始自己做起了生意，已经是个小小的成功人士了。

　　老友见面，理应选择一个风和日丽、阳光明媚的日子，而今天，偏偏是个闷热的雨天，小雨一直滴答不断，还时不时大雨倾盆。姚念菲在选日子上，似乎总是会出现偏差，凡是她要办大事，铁定是要下雨的。姚念菲经常幻想，若是有一天自己要挑日子结婚，结果那天没下雨，"人生大事"这个词怕是要颜面扫地了。

　　徐衍倒是没什么变化，他走到咖啡店门口时，姚念菲一眼就认出了他。她使劲地向窗外的人挥了挥手，窗外的人也认出了姚念菲，他对姚念菲点头示意，并投来了一个微笑。看来，7年前的尴尬场景早就被视为儿时的闹剧，抛在了脑后。

"徐衍，你都没变，我一眼就认出你了。"姚念菲的视线追随着徐衍的一系列动作，轻松愉快地说道。"是吗?"徐衍把椅子拉了出来，双手合十，撑在了桌子上，桌子有些矮了，修长的腿有些尴尬，他用他那双标志性的丹凤眼看着姚念菲，露出了有些距离感的笑意。

姚念菲指了指徐衍的额头，说道："你这是刚才留下的雨滴呢，还是汗呢?"姚念菲又从包里拿出了一张纸巾，微微起身想递给徐衍，见徐衍的身子往后微微一倒便把纸巾放在桌上推向徐衍，徐衍把纸巾往手边挪了挪。

"我先到了，自作主张给你点了喝的。"

"都听你的。"

"菲菲，你可真是一丁点儿都没变。从头发到表情到语气。还是那个姚念菲。"徐衍打量了一下姚念菲说道。姚念菲傻笑道："但你变了，你为什么戴了个金丝边框眼镜啊，搞得跟个斯文败类似的。"徐衍扶了扶眼镜，小声地说道："我算是看明白了，你要跟我划清界限，三八线一条，看好了。"说完，徐衍在桌上用手指画了一条线。

姚念菲双手抱在胸前，假装长叹一口气，说道："哎，世道变了，小学到高中，一次没画过，吃了点洋酒面包，变质了你。""犀利。"徐衍的评论倒是惜字如金，姚念菲给了徐衍一个小小的白眼,说道:"才不呢,我现在是走温柔淑女气质路线的。"顺手摸了摸刘海,轻轻地捋了捋头发,托腮看向徐衍。

"看来,是为了男朋友改变的吧。"徐衍拿出了咖啡搅拌勺,在咖啡杯的边沿,轻轻敲了两下,把水沥干净了。姚念菲装作左顾右盼的样子,然后说道:"男朋友,在哪里?哎,没有男朋友,所以要多多修炼,不能再像以前一样,太男孩子气了。"徐衍喝了一口咖啡,慢吞吞地说道:"挺好,不用改,改什么。"

听到这句话,姚念菲有些小小的开心,她得到期盼已久的肯定,于是,她大着胆子问道:"你的女朋友呢?"徐衍淡定地看向了姚念菲,用极其快的语速说道:"没有,我也是一个人。"

"你一个人?我不信,小时候就很多人喜欢你,怕是已经集齐12星座了吧。"姚念菲说完,喝了一口柠檬水,她透过玻璃杯偷偷地观察徐衍的神情,徐衍的眉尾向上挑了挑。"姚念菲,也只有你敢这么说我,我在公司里可是说一不二的。"

徐衍明显岔开了话题,姚念菲只得作罢,用俏皮的语气问候道:"徐总好!徐总今天请客吗?"徐衍点头道:

"请，你还是学生，当然赚工资的请客啊。"想到徐衍已经工作了，姚念菲的焦虑又涌上了心头，"哎，马上就要毕业了，工作怎么办，未来会怎样？"徐衍清了清嗓子，用一本正经的语调道："现在毕业生难找工作，如果找不到合适的工作，来我的公司啊，我们的待遇还是不错的。可以先过来玩玩，实习实习，都可以。"

姚念菲看了一眼徐衍，7年时间过去了，徐衍已经往前走了很多，而自己，还是一个一无是处的普通学生，甚至就连考研都考了两次，若不是老同学，徐衍可能是她高攀不上的朋友。姚念菲想到那时候徐衍拒绝自己，想来，他还是很有眼光的。

姚念菲的声音突然小了一些，人也往椅子里窝了窝，感觉矮了半截，她想夸一下徐衍，于是说道："那你现在也是独当一面了。""偶尔还是得啃老。"说完，徐衍看向了外面，大雨顺着窗户玻璃倾泻而下。姚念菲看着徐衍，耳边都是哗哗的雨声，不知为何，她觉得同这个和她对面而坐的人有着好遥远的距离。

徐衍看姚念菲没有接话，便开启了新的话题，"菲菲，其实我刚回来。"姚念菲说："你去哪儿了？"徐衍答道："我从聊城开车回来，开了一上午。那个雨大得我都看不清，雨刮器都来不及刮。"姚念菲想了想刚才来的路上确实下了瓢泼大雨，她说："可以改天啊。"徐衍的那双丹凤眼注视着姚念菲说道："见你怎么能改天呢。我们认识这么多年了，必须是风雨无阻，多大的雨，我都要来的。"

姚念菲不知为何，心里多跳了两下，她低头整理了两下刘海，然后漫不经心地问道："聊城，怎么想起来去那里了？""哦，有事。"徐衍不再多说，他跷起了二郎腿，往后面的椅背靠了靠，舔了舔嘴唇。姚念菲突然打了个寒战，淋了雨的毛孔紧张地收缩着，刚才太过于专注了，一时间没有意识到，冷气一直不间断地打在身上，姚念菲接收到了抗议的信号。她打了个喷嚏。"冷啊？换位置？"徐衍抬头看了看顶上的出风口。"不用了，换地方吧，坐着太无聊了。"姚念菲转身准备拿包起身，她忽然想到以前上学时，她特别不喜欢头顶上有个电风扇，总把卷子和作业纸吹得翻来覆去，每次轮换到那个地方，徐衍都会和她换个位置。她心里想，徐衍还是原来的徐衍啊，一切都没有改变。

徐衍点开了放在桌上的手机屏幕，看了眼时间，然后对姚念菲说道："你等会儿，我去买单。"姚念菲无意间看了一眼屏幕，屏幕上满是微博、微信的通知，感叹徐总真是个大忙人。

姚念菲在回宿舍前,给严予慈外带了一份甜点,这个小馋猫,要是知道她出去玩不给她带吃的,一定会很生气的。严予慈毫不客气地接过蛋糕,然后用十分八卦的口气说道:"菲菲,哎哟,和谁一起出去吃饭的呀,哇,还给我带了蛋糕。"姚念菲并没有回答,而是说:"对你好吧,比王梓奇强吧。""那是,真爱,我的小菲菲。王梓奇是个傻的,天天在宿舍看那台破电脑。"姚念菲指着严予慈的小脑袋说:"奈何你美若天仙,也是白搭。""就是。"严予慈又挖了一大块放到嘴里,然后又挖了一块送到了姚念菲的嘴边,"最后一块给你,吃完出去散会步,消消食儿。"

两人走在了空空荡荡的校园里,草丛里窸窸窣窣的声音,加重了夜晚的寂静。"菲菲,丁默呢,最近怎么没有看见。"姚念菲望望天,想了想,说道:"可能是白天做论文,晚上出去鬼混。"严予慈踢了踢路上的一块小石头,说道:"这叫我以后如何放心找他看病啊。"姚念菲捏捏严予慈的脸,打趣道:"你想整容啊?"严予慈移开了姚念菲的手,说道:"不整,反正王梓奇也不怎么看我。"

姚念菲看看严予慈,笑了笑,"欸,小慈,你说,怎么和一个特别优秀的人做朋友?""哇,我嗅到了八卦的味道。

你看上谁了？哪个学院的？研几了？不会是本科生吧。"严予慈一把钩住了姚念菲的手臂，姚念菲心虚地说道："我很宅的，我只是随便问问。"严予慈伸出一根手指，指向了天上，"啊，我明白了，一定是你有一个朋友，遇到了感情问题。"她晃了晃姚念菲的胳膊说，"放心，你忘了我是谁，我是情感大V棉花猪蹄煲的粉丝协会副会长，这个问题，你问对人了。"

严予慈握了个可爱的小拳头，放在了嘴巴前边，然后清了清嗓子道："听好了，第一步，打入他的生活圈，至少要能看到微信、微博、QQ空间之类的。第二步，时不时找他聊天，请他帮忙。第三步，一定要奔现，像你这么宅，肯定不行，当然，不排除，你只想网恋。要经常约出去吃个饭啊，蹦个迪啊，喝醉个酒啊什么的。当然，你们还是要有共同兴趣、共同爱好，这样才能有的聊。"

姚念菲看着严予慈，有些可爱，想不到她这个舍友，说教起来也是一套一套的。两人顺着一个小山坡往上走，医学实验楼里的灯还亮着。严予慈指着那亮着灯的窗户，小声地对姚念菲说："菲菲，你的丁默还在里面研究标本哦。"姚念菲一巴掌拍在了严予慈的肩上，说道："大晚上的，别吓人。回宿舍吧，回宿舍给你的棉宝点赞去。"严予慈转头看了眼姚念菲,立刻掉头,往坡下跑去,嘴里大喊道:"不愧是副会长的舍友,称职!"这一声,在夜晚的校园里响彻天际。

严予慈按照老规矩,老时间,打开电脑,登上微博,找到她的特别关注——棉花猪蹄煲。

> 棉花猪蹄煲:#棉宝晚安#夜里回家时路过天桥,朝西而站,打算在桥上吹吹凉风。红灯时,桥下的车辆排起了长队,车灯把整条街都照亮了,我好像踩在星河里,忽而,绿灯亮起,星河碎了,只剩漆黑的一片。反反复复,无常却又有规律。踩准了,你就是乘着星河的人,踩不准,一脚下去便是无尽黑夜。

"果敢的菲菲女士,快点赞,转发。"严予慈催促起了姚念菲。"知道了,蘑菇头茜茜。"姚念菲赶忙打开电脑,完成了这个重要的点赞。严予慈边看电脑,边嘴里小声嘀咕着:"天桥,说不定今晚去走天桥,能和棉宝偶遇呢。"

姚念菲看了一眼书桌上的镜子,镜子里有一半她的脸,还有严予慈的背影,小慈的一只脚跷在椅子上,正疯狂地刷着评论。姚念菲把镜子的位置移了移,然后对严予慈道了晚安。

过了些日子,天渐渐有些闷热,是黄梅雨季的闷热,墙纸上渗出了一层绒毛般绵密的水汽,随手摸一下额头,总觉着手指也黏黏糊糊的。今晚6点,徐衍约了她吃饭。一路上,姚念菲每隔几秒就拿起镜子看她的妆,粉已经都浮了出来,她拿粉扑子狠狠地按了按,现在还没到最热的时候呢,她又看了一眼镜子,发现眼线都有些晕了,在这个潮湿略带闷热的时节,好些事情都显得那么勉强。姚念菲有些气恼,与其这样麻烦,还不如不化妆。她把镜子随手塞进了包里,想想也是算了,反正小时候拖鼻涕的样子也见过,吃了一嘴沙子的样子也见过,没那么多所谓了。

姚念菲5点就到了约好的地点,她来得有些早了。她坐在了商场走廊的长椅上,一个人提前去餐厅等人,未免有些尴尬,要不去超市逛一圈吧。超市里人很少,今天不是周末,有稀稀落落的几个老年人在买生活用品。路过花草售卖点,姚念菲看到一对小情侣。男女生衣着普通,鞋子很旧了,没有推车,提了一个小篮子,装了一袋米,两包盐,一瓶酱油,两瓶老干妈。

"这花真好看。"女孩指着花说道。男生说:"买一束吧。"女孩立刻摇摇头说："太贵了，够咱俩一天的伙食了。"男孩摸摸女孩的头说："买吧，难得的。"女孩拉起男孩的手说："算了算了，走吧。"

还没有找到工作的姚念菲突然叹了口气，虽说自己研究生学历，父母也能够养她，但真要找不上工作，也是一件麻烦事儿。想想自己以后可能也会为买不买一束花而烦忧，但继而，姚念菲又觉得自己有些过于矫情了。

空手离开超市时，姚念菲又看见了那对小情侣。男生提着一个塑料袋，女生拿着一枝花，他们偶尔互相对望着，虽说只是一枝，但这氛围显然是站在花田里的感觉。姚念菲低头笑了笑，原来只是爱情而已，其他都无关紧要。随即，姚念菲心里又自责了起来，今天怎么这么爱胡思乱想。

姚念菲又回到了刚才的长椅上，准备用刷手机度过接下来的时间，一个微博通知，来自长颈鹿先生。她点开了通知。

　　长颈鹿先生：#你见过最帅的人#一见丁默终身误，他人从此是路人。@果敢的菲菲女士
　　配图，篮球照一张。

姚念菲放下手机，开心地笑了，丁默啊丁默，不愧是励志做整形医生的人，够自恋。姚念菲继续在长椅上等待着，徐衍说他还要晚一些，已经过去了15分钟了。姚念菲有些太无聊了，她突发奇想，不如去看看徐衍的微博吧，但账号是什么呢？她动手搜了一下"徐衍"，没有这个名字，以前读书时，他的外号叫冰棍，再搜，也没有。算了，一会儿问问吧。姚念菲就这样，继续坐着发呆。突然，她觉得后背有些凉凉的，太阳已经撤退了，那块支撑她后背的玻璃多少有了些夜的凉意。

7点15分，徐衍出现在了姚念菲面前。见面后，他立刻向姚念菲道歉道："菲菲，对不起，公司太忙了。"姚念菲站起来，摆了摆手，表示没有关系。于是两人向预定好座位的饭馆走去，姚念菲有些拖着步子，她已经饿过头了，也没什么吃饭的心情。

进入饭店后，徐衍要来了菜单开始点菜，他看了一遍菜单，指着上面的一张图片说："我点这个了，女孩子都喜欢吃。"姚念菲托腮看着徐衍道："徐衍，你是收集了多少样本才敢这样说？"徐衍合上菜单招手叫来服务员道："样本？对，收集了很多，就差你的了。"姚念菲听到这句话，诧异的同时居然还有些窃喜，她说道："不要脸，咱俩也算是从小一起长大的，不是一类人。"这句话并没有什么意思，但他俩没来由地大笑了起来，约莫几秒后这笑声戛然而止，有那么几分钟，四目相对，姚念菲只觉得，这几分钟有些糟糕。

徐衍坏坏一笑让僵住的姚念菲回了神，他的丹凤眼拉长了一些："说正经的，菲菲，下周来我公司看看吧，我新引进了一个项目，感兴趣的话可以加入我们团队。""看我心情。"姚念菲只觉有些累了，说完笑了笑，玩起了手机。徐衍看这架势，也玩起了手机。

姚念菲虽说饿过头了，但只要开动了，刹车几乎是不可能的。她用最小的声音偷偷地打了一个饱嗝，坐直后挺了挺腰，算是一个文雅的伸懒腰的动作。徐衍喝了一口水，在嘴里滚了两下，说道："走吧，我约了同学，一起打球。"这是在计划之外的，姚念菲有些结巴了，"谁啊？"徐衍凑到姚念菲的脸前，他的脸很近地挨着姚念菲，姚念菲看到了他一丝不苟的金丝边眼镜的镜片上居然有一滴油渍，徐衍薄薄的嘴唇动了动，说道："铁三角。"

铁三角，指的是冯宇诚、沈青颜和徐衍，他们三人都是姚念菲的同学。冯宇诚从小就是个被罚站的命，因为常常被罚站在最后一排，所以与姚念菲和徐衍结下了友谊。冯宇诚近几年的表现展现了班主任对他的错误估计，以前不爱学习的他正在硕博连读，师从海外的著名导师，打算走上学术的道路。沈青颜，听名字像个豪门斯文贵公子，去掉"斯文"二字后，事实也的确如此。他最近走上了自食其力的道路，不过不太顺利。当年，他的座位在班级最后一排的后面，和冯宇诚并排，只是冯宇诚是暂住户，他是那一排的房东。

"哦哟，菲菲来了。"冯宇诚第一个走上去，面带笑容，姚念菲只觉冯宇诚的变化实在是太大了，干净利落的头发，眼睛不大不小，在双眼皮的衬托下看起来很是深邃。看来，对冯宇诚的判断，从事业走向到颜值走向都是错误的，还没等姚念菲回应，只听另一个声音大喊道："哎，老冯啊，我看你这个博士是读傻了，菲菲是你叫的吗，喊嫂子。"沈青颜抱着双臂，慢慢地在后面走，他朝姚念菲眨了眨眼睛，微卷的刘海好像调皮地动了动。徐衍向他们俩投来了只可意会不能言传的眼神，冯宇诚说道："怎么打？混双，还是三打一？"沈青颜走上前去，在冯宇诚背上狠狠地打了一掌，说道："你脑子坏了，我跟你打，我哥陪嫂子。"

打球的过程让姚念菲着实累到了，她一直在捡球，捡球，捡球。姚念菲心想，以后还是要多多运动，多多锻炼啊。在球场里跑东跑西的，几回下来，姚念菲是彻底跑不动了，冯宇诚又是一个刁钻诡异的擦边球，姚念菲怨念地看向了他们，她有些想扔拍子了。徐衍走到场边去捡球，顺便看了一眼自己的手机，说道："我接个电话，你们继续。"沈青颜看徐衍去打电话了，用球拍抄起了地上的球，说道："我们休息一下吧，也差不多了，累了，明天我还要上班呢。"冯宇诚说道："你中午才去开店，别说得自己像个多么有为的好青年。"

沈青颜踢了冯宇诚一脚，转头问姚念菲道："菲菲，你快毕业了吧。""嗯，还有一年。""你跟徐衍一直有联系？"冯宇诚给姚念菲递来了一瓶水，并排坐下。姚念菲回答道："没有，最近才有联系。"冯宇诚看了看站在长椅边的沈青颜，沈青颜抬了抬眉毛。"那你一直在国内？"冯宇诚继续问道。姚念菲懒懒地靠在白墙上，回答道："嗯，一直在国内。"沈青颜问道："你们怎么联系上的？"姚念菲正想举起矿泉水瓶，又放了下来，道："我想给一个姓徐的老师打电话，通信录里不小心按错了。"沈青颜呵呵一笑，用胳膊肘挤了下冯宇诚说道："一个不换号码，一个不删号码。"

三人一时无话，隔了一会儿，冯宇诚语调平缓冷冷地说道:"徐衍喜欢那种肤白貌美、身材火辣、会黏人的,你知道吧。"冯宇诚的声音不大,但足以让姚念菲和沈青颜都听清楚了。这么没来由的一句,让姚念菲的鸡皮疙瘩全都起来了,她立刻想到了高中时候的事情,莫非,冯宇诚认为是自己在追求徐衍,她不知该怎么接下去,她的手握着那瓶冰水,重重地撑在自己的腿上。

"老冯,嫂子是我瞎喊的。"沈青颜在冯宇诚眼前打了个响指,示意冯宇诚不要再继续下去了,冯宇诚没有理会沈青颜,他继续说道:"菲菲,我们都了解你,你不是那种扭扭捏捏、作天作地的人,你懂吗?"冯宇诚定定地看着姚念菲,姚念菲呆住了,今天的冯宇诚让她有些看不明白。

大约有5秒的时间,冯宇诚又用了只有姚念菲能够听到的声音说道:"不过,仔细看,还是蛮精致的。"冯宇诚歪着头看着姚念菲,他的脸离姚念菲很近,姚念菲看见了他的睫毛伴随着眼睛一眨一眨的,像漂亮姑娘的睫毛一样好看。突然,沈青颜狠狠地拍了一下冯宇诚的头:"老冯,别看了。"姚念菲也转过头去,她的心怦怦怦地跳得很快,只见徐衍从对面走了过来。冯宇诚用胳膊碰了碰姚念菲,他要说今晚的最后一句话:"菲菲,我和丁默认识。"姚念菲彻底被踢向了云雾深处。

徐衍走过来说道："走吧，我回去还有点事儿要处理。"说完，徐衍一把拿过姚念菲手里的冰水。右腿上的那一片皮肤被冻得失去了血色，水被徐衍拿走后，姚念菲顿觉那里冰到了麻木，失去了触感，冰水已经顺着大腿流到了小腿上，徐衍快速地拿起毛巾，帮姚念菲擦了擦腿。"我自己来，我自己来。"姚念菲赶忙拿过毛巾，她觉得脸有些发烫，手有些发冷。

四人走出了球馆，沈青颜走向车边，嬉皮笑脸地转身对徐衍说："走吧你，我和老冯还要再去喝一杯，你这种有家室的就乖乖回家吧。"冯宇诚看了一眼姚念菲，随后上了沈青颜的车。上车后，沈青颜对冯宇诚说道："兄弟，你今天废话怎么那么多。"冯宇诚系着安全带说道："小时候，我被老师罚站，姚念菲坐在最后一排，她给我笔，给我橡皮，给我水杯。她是个好姑娘。""你要跟徐衍抢人啊。"沈青颜的音调突然抬高了。冯宇诚不耐烦地说道："你电视剧看多了吧，徐衍是朵香花，姚念菲绝不是那些蝴蝶。"

姚念菲坐在车里，车窗外灯火闪烁，楼房一排排地往后倒退着，如遇上一个快速的转弯，那些高耸入云的房屋扭动着腰肢抑或是晃动着脑袋，搔首弄姿，她今天没有喝酒，但夜晚的城市有些妖娆的暧昧。她正在想老冯的话，她加了老冯的微信，她应该问一下。算了，有些尴尬，要不去问问丁默。不行，丁默是她大学同学，太唐突了。

"菲菲，睡着了？"徐衍的声音打断了她的思绪。"哦，没有没有。"徐衍笑道："打球累了吧，闭会儿眼睛，到学校喊你。""嗯，好。"姚念菲还在思考，老冯今天的话是什么意思。什么意思，其实很简单，她当时就已经听明白了。但现在自己不是没和徐衍在一起吗？再说了，徐衍是什么人她姚念菲能不知道，这么多年的同学了，几年前就拒绝自己了，现在，不可能不可能。

"老冯，瞎操心。"姚念菲自言自语道。徐衍听到了姚念菲这么一句，还以为她在说梦话，"你说梦话呢？"姚念菲看向徐衍笑了笑："没什么，对了，徐衍，你玩微博吗？我可喜欢……"徐衍还没等姚念菲说完，就快速地回答道："我不玩。"姚念菲有些失望地说："哦，本来想关注你的。"徐衍叹气道："上班太忙了，没有时间。""嗯嗯，明白明白。"

车子又穿过了多个红绿灯，"菲菲，去我家喝杯咖啡怎么样？"刚才一路无话的氛围忽然更加尴尬了，安静的空气被搅动了，散发出了捉摸不透的气味。还未等姚念菲回应，车子已经一个掉头，转向了对向车道，刺耳的刹车声把恍惚中的姚念菲彻底拉回了现实。她想回答徐衍，但嗓子好像堵住了似的，完全发不出声响，她静静地看着车窗上的雾气把路灯的光晕染得一层一层。

姚念菲在地下车库下车时，地下车库特有的一丝丝残留的尾气味，让她终于觉得有些清醒了，接下来她要和徐衍度过一杯咖啡的时间，她应该说些什么呢？她的脑子里回荡着小高跟皮鞋在地下车库里嗒嗒的声响。

"你一个人住这么大的房子？"走进这间三居室公寓的姚念菲还是没有掩饰住自己的惊讶。"随便坐。"姚念菲略微环顾四周，多多少少有些不好意思，她有些局促地坐在了那个单人沙发上，看着去厨房泡咖啡的徐衍。看到徐衍背向着她，她又开始小心翼翼地环顾四周，她眼角的余光瞥见茶几地毯上的一片面膜，想是徐衍掉下的，她正想伸手去拿，就看见徐衍从厨房端了水果出来。

"吃点水果。"姚念菲赶忙往沙发靠背上靠了靠，向徐衍投去一个微笑。"你坐在那里干什么，坐这啊，就我们两个人，随意一点好了。"姚念菲看出了徐衍有来拉她的意思，她赶紧坐到了三人沙发的一角。"没事的话可以常来玩玩，你也看到了，房子很大，冷清。"姚念菲尴尬地笑了笑，她内心是有些小高兴的，毕竟男神向她发出了邀请，或许从现在开始,他们已经有了某种默契,某种情谊。忽然间,她觉得她好像得到了某种许可。

徐衍的书房非常整洁干净。书架上摆放的照片引起了姚念菲的注意。那是一张高中毕业照,大家都那么青涩稚嫩。姚念菲忽然一个转身,徐衍很近地站在她的身后,他衣服上洗衣液的味道清清楚楚一丝一丝地飘进她的鼻腔,她盯着他胸口的位置不敢把眼睛向上抬。徐衍伸手把照片放了放正,"什么牌子的洗发水?"

姚念菲离开的时候有些仓皇出逃的意思,她独自一人坐地铁回了学校。在校门口下了车,她一个人走在空荡的校园里,夜晚的空气变得干爽,图书馆前有很高的台阶,她坐到了最上面的一层,人们都说看星空的人有些矫情,但殊不知,这短暂的抬头片刻,是多么奢侈,深蓝色的夜空里广阔得空无一物,她没有找到一颗星星。

叮咚叮咚,姚念菲的手机响了,是严予慈打来的电话:"菲菲,你怎么还没回来?"严予慈的语气有些焦急。姚念菲回答道:"小慈啊,我在图书馆前面坐着。"电话那头严予慈的声音更加洪亮了,"什么?你等着,我来接你,你个死女人,这么晚了,不怕危险吗?"姚念菲只听嘟的一声,严予慈把电话挂掉了。姚念菲继续低头看着手机,一会儿,严予慈就会来找她了。

"姚念菲,你吓死我了,你看看,你这个头发,这么长,看看你这个裙子,像个女鬼一样,我服了。"严予慈说完看了一眼石阶,在姚念菲身边坐下。姚念菲看了一眼她身边的吴雯靖,说道:"你怎么把雯靖拉上了?"严予慈回答道:"我害怕不行吗?大晚上的,这荒郊野岭的。"说完,吴雯靖也坐到了台阶上。

严予慈拍拍右手边的姚念菲,又拍了拍左手边的吴雯靖道:"今晚还没点赞呢?快点,一起一起。"吴雯靖摇头道:"小慈,我赌1块钱,棉花猪蹄煲是一个大帅哥。"姚念菲说道:"不会吧,应该是小姐姐吧。"吴雯靖把头转向姚念菲道:"不对,能把我们小慈迷成这样的,只可能是个中央空调型的哥哥。"严予慈有些小小的不满意了,她说道:"你有本事挖出来棉宝是谁啊?"姚念菲打开了微博,棉宝今天最后一条微博又如期而至了,这个账号就好像是一个设置好程序的机器,从来不会爽约出错。

棉花猪蹄煲:#棉宝晚安#一阵风吹过,云朵被吹散了,头顶的阳光有些刺眼,我闭上双眼,好像有了一把伞。晚安,屋檐下的你们,安心地迎接明日的朝霞吧。

吴雯靖狠狠地在手机屏幕上点了个赞,然后用一种怪怪的语调对严予慈说道:"十八线小文青,太矫情了,你怎么能看下去?"严予慈白了吴雯靖一眼,不过奈何天太黑,应该是不能看清楚了,她说道:"谁规定一定要看懂啊,你们中文系的就是这样,自己写不出,说起别人来头头是道的。"姚念菲伸手搂了一下严予慈的肩膀,用一种有些宠溺的口吻说道:"我们小慈她是在追星,又不是考试,对不对?不需要计较那么多。"

吴雯靖往她俩的方向挤了挤,把手机屏幕举到她俩的面前说:"你们看看,这种回复,惨不忍睹啊。"姚念菲和严予慈齐刷刷地看向了吴雯靖手指的那条评论。

咆哮的卷心菜:一把伞,遮住了烈日,也遮住了温暖。//@棉花猪蹄煲:#棉宝晚安#慢慢起风了,云朵被吹散了,头顶的阳光有些刺眼,我闭上双眼,好像有了一把伞。

严予慈把吴雯靖的手机移向了一边,昂着小脑袋说道:

"不恶心啊，一点都不恶心，说不定还是你们中文系的人写的呢。"姚念菲打了个长长的哈欠，一边起身一边说道："走了走了，回家回家。哎呀，论文还没写呢，明天早上来泡图书馆。"严予慈的手插在口袋里，四肢绵软地站起来说："我可不陪你。"

第二天，姚念菲准时出现在了图书馆，丁默已经帮她占好了座位，但他人呢？一定是先跑去打球了。姚念菲坐下，玩了一会儿手机，突然，一只手从她身后伸了过来，拿走了手机。"姚念菲，你能不能不要看手机了。来图书馆是来学习的，我好不容易帮你占了位置。"丁默小声提醒道。

丁默走到对面的座位坐下，假装看看手机屏幕，"在干什么，不会是跟哪个小哥哥在聊天吧。""还给我丁默，快给我。"姚念菲伸手就要去抢手机，"欸，淑女，注意形象，不给，不给。"丁默顺手把手机扔到了背后的电脑包中。

姚念菲不再理丁默了，她翻开面前的资料，开始准备毕业论文，时间不多，下学期若是有更多的时间，她可以找找工作。另外的原因是，姚念菲有些心虚，她确实在跟徐衍聊天，自从上次分别后，徐衍几乎每天都会找她，就好像例行公事一样，每天早上做了什么，下午做了什么。

这种主动的行踪汇报让姚念菲有一种错觉，但她又觉得有些愧对徐衍，她并不需要这样查岗的。

丁默看见姚念菲开始打字了，就把手机拿了出来，放在姚念菲的电脑旁边，然后也开始了学习。午饭后，姚念菲回到宿舍，堆积了一上午的手机短信需要她处理。

一条徐衍的短信："菲菲，明天我空，到我公司转转吧。"姚念菲回复了一个"好。"很快，一条短信发来，"那好，明天下午3点在学校大门等你。"姚念菲往转椅上靠了靠，明天，穿什么衣服呢？她打开了衣柜，发现自己的衣服好像都有些单调无聊，她抓了抓自己的头发，然后打开了淘宝，女生，永远缺一件衣服。

徐衍的公司在江州最繁华的地段，"德晟，你自己起的名字？""嗯，我不能都靠我爸，先自己搞个小公司做起来。我家老爷子要不看不上我。"姚念菲点点头，然后又问道："那你，现在做什么？"徐衍回答道："什么好做做什么呗。喝茶。"姚念菲看着面前复杂的茶具，不禁感叹道："你现在摆弄起茶具了，高雅。""也不是，就是风气，大家都喝一喝。"说完，徐衍给姚念菲倒了些茶。姚念菲环视了一下四周，夸赞了一番徐衍的装修。徐衍摸了摸后脑，笑着道：

"我这间是刚装好的,其他几间都还没装。下周我去欧洲旅游,正好给大家放个假,回来以后就是全新的了。""和谁一起去啊?"姚念菲问道。"我的本科舍友一起,回来后你再来看,焕然一新。""好。"姚念菲小声地回答道,她放下了杯子,站了起来,望向窗外,在高楼林立的城市中心,有属于自己的公司,的确是一件让人想想就热血沸腾的事情。

徐衍看着站在窗前的姚念菲,往沙发上靠了靠,说道:"怎么样?不错吧,想不想当老板娘?"姚念菲愣住了,她应该没有听错。她没有回头看徐衍,而是继续望着窗外,说道:"那先得有老板才行。""霸道总裁在这里。"徐衍说完,拍了一下大腿,走到窗前,"来,第一次来公司,纪念一下。"徐衍的左手轻轻地搭在姚念菲的肩头,他的手指调皮地弹动了两下。举着手机的右手正在找寻适合的角度,咔嚓一声,姚念菲的眼睛笑得只剩下一道弯弯的月亮。

晚饭后,徐衍被一个紧急电话拉回了公司,姚念菲坐在晃晃悠悠的地铁车厢中,觉得迷迷糊糊的不太真实,老板娘?她想起了冯宇诚的话,徐衍这么优秀,而姚念菲,一个普普通通的女学生,应该是个玩笑吧。

徐衍回到了自己的办公室,他微微带着笑意,看了一眼手机里和姚念菲的合影，很是满意。对于一个和姚念菲同龄的人来说，他有一个非常成熟的外包装。他脱掉了西装外套，松了松领带，解开了袖扣。桌上的一张全家福，是徐衍和父亲打球的照片，母亲在一旁观看，徐衍微微调整了一下相框的位置，打开电脑开始工作。

还没打几个字，叮咚一声，徐衍收到了一条消息，"亲爱的，明天我去车站接你。""不用了，机场见吧。"刚刚回复完这条短信，一个电话就打了进来，电话那头传来了一个轻柔的声音："衍，在干吗呢？"徐衍的手从键盘上移开了，细长的手指在桌上没有声响地敲击着，"手头的事儿刚做完。你不用管我了，早上7点，我们直接机场见面吧。"

电话那头的声音顿了顿，然后说道："那怎么行，来聊城你还住宾馆，给别人知道要笑死我俩了。"徐衍说道："市区离机场远，你别跑来跑去的。"电话那头的声音变得更加娇滴滴了，"我想见你啊，衍，我们多久没见了，快两个月了吧，不行，我一定要去接你。"徐衍并没有不耐烦，他继续说道："我最后一班火车，太晚了，你应该早点休息。"电话那头的女生继续撒娇道："哎呀，你改签早一点啊。"徐衍的声音还是很平静，没有厌烦的意思，说道："公司还有事儿。""最后一班我也要去接你，我想你了。"

徐衍脱下了眼镜，按了按眉头，"好吧，明天见，小岚。"

于慕岚，青年小提琴演奏家，小有名气，是徐衍的异地女友，两人共同在国外求学，徐衍本科毕业后就回国做起了事业，于慕岚继续深造，最近刚刚毕业，现在在聊城管弦乐队工作。两人可谓是神仙眷侣，羡煞旁人，郎才女貌，般配至极。

徐衍放下手机，打开了电脑，每晚 10:30，他都要做一件相同的事情，登录他的微博账号，看一下他的特别关注。徐衍的微博名是"断联的风筝"，就目前的情况看来，这个账号是他的秘密，但也不能完全算是，他的账号还是有人知晓的。棉花猪蹄煲是他粉了 4 年的账号，这个 4 年，是他最为迷茫的 4 年。他青年才俊，一表人才，如果你有幸翻阅徐衍 4 年前的微博，你会发现他和一众同学英姿勃发，器宇不凡。但这些，在他工作后一个月内，被尽数删除。社会对于他的考验才刚刚开始，他碰了太多的壁，在深夜，只有这个账号的晚安，每天不断，一直陪伴着他。而只有在这里，他才会掀起他内心的一个小角落，这里没有他的成熟稳重，有的只是孤独和脆弱。

棉花猪蹄煲：#棉宝晚安#有些时候，我们总好像度过了不太真实的一天，但第二天，我在阳台摸到了湿漉漉的外套，确认昨天应该是下过雨的。晚安，明天天气预报是晴天。

他回想起了第一次关注棉花猪蹄煲的那一晚。那不是一个阴雨天，不是一个遇到很多困难的日子。那一天是他第一次做伴郎，他和朋友们欢天喜地地热闹了一天，脑子里也嗡嗡作响了一天，这一天，徐衍笑得合不拢嘴。回到家推开门以后，整个世界忽然就安静了，那些在他脑海里盘旋回响了一整天的说话声、笑声忽的一下子就没了。他忽然觉得异常疲惫，异常孤单。

他打开了电脑，搜索"孤独时怎么办?"，搜索跳出了一个微博博主开展的活动#孤独对白#，他点击了关注。徐衍从不点赞，也不转发，他不想让别人知道自己的脆弱，私信成了他最喜欢的交流方式。自此以后，他几乎每天都会跟这个账号聊天，棉宝经常会回复，为他排解忧愁。今天，徐衍又打开私信，给棉宝发去了一条信息。

私信 来自断联的风筝：棉宝，有件事情，做不了决定，我应该怎么办？

私信　来自棉花猪蹄煲：听从内心，静候时机。
私信　来自断联的风筝：我想听你的想法，不是棉宝的想法。

电脑那头敲键盘的手指愣了愣，"我的想法"？

私信　来自棉花猪蹄煲：什么意思？
私信　来自断联的风筝：面对选择，你会怎么做？
私信　来自棉花猪蹄煲：我比较直爽，不太犹豫。
私信　来自断联的风筝：谢谢你。
私信　来自棉花猪蹄煲：好梦。

姚念菲到学校后，给徐衍报了平安。随后，她一边看着电脑，一边等徐衍的回复。但徐衍到现在都没有任何声响，不是应该聊会儿天的吗？至少应该回复一下吧，这样才能显得恋恋不舍。要不要等呢，姚念菲越来越困了，可能真是太忙了吧，她关掉电脑，躺在了床上，然后熄灭了床头灯，开始酝酿睡意，但半小时后，床头灯又被打开了。她看看手机，还是没有动静。

"菲菲，你怎么还不睡？哪里不舒服吗？"严予慈转身问。姚念菲说:"没有,我失眠了。"严予慈用惊讶的语气说道:"不会吧,你从来不失眠的,是不是丁默气你了?"姚念菲有些哭笑不得地说:"怎么会。"严予慈若有所思,摸了摸圆圆的小下巴说:"也是,丁默是不舍得气你的,这点我还是了解的。你上网玩玩吧,玩着玩着就睡着了。"

  姚念菲本想逼迫自己关灯再睡的,但严予慈的建议给了她再次看手机的理由。姚念菲滑开屏幕,确定她没有开静音,确定手机是连着网络的,看来是等不到回复了。她再次关掉了床头灯,屋外的树叶沙沙作响,空调的风打在她的蚊帐上,这个季节应该是能闻到夜来香的味道或者栀子花的味道,她深深地吸了一口气,开着空调的宿舍关着门,自然的气息丝毫不能进入屋内。但她确乎闻到了点什么味道,是严予慈的香水味,还有她桌上的花露水味,还有,电蚊香的味道,还有一点点,一点点,严予慈在泡方便面的味道,姚念菲发誓,明天的早饭一定要多吃一点儿,真的好饿。

寻找大 V 之发帖求助

江州大学的食堂中,严予慈和姚念菲正在吃着早饭,早饭是她们宿舍的每日必备环节。每天早上,严予慈都会被姚念菲从床上拖起来,昏昏沉沉地走到食堂,这个环节见证着她们的姐妹情深。食堂很空,现在不是用餐的高峰,大学生们对于吃早饭总是有些敌意的,早饭不仅剥夺了他们的懒觉,更多的是剥夺了那一丝丝做白日梦的机会。严予慈一边喝着粥,一边刷着手机。

果敢的菲菲女士:#早安#早安,美梦醒来,起来工作。@蘑菇头茜茜

"姚念菲,看完你的早安,我丝毫没有工作的动力。"姚念菲正在吃一个鸡蛋,她有些不好意思地低下了头,顺

手拿起了严予慈碗里的鸡蛋,说了一句,"帮你剥鸡蛋。""姚念菲,我现在算是想明白了,你为什么没有男朋友,你看看你写的这个东西。昨晚上稍微有些起色,一觉醒来,彻底打回原形。"严予慈一边接过鸡蛋,一边把手机屏幕伸到了姚念菲的面前。姚念菲并没有看手机屏幕,她瞪了严予慈一眼,佯装生气地说道:"这个东西怎么了?""你也算是文科生了,你怎么就,就这么,像个水煮西蓝花一样。"严予慈的声音越来越大,屁股也有些离开了椅子,屏幕都快怼到了姚念菲的脸上。

"就这么什么?"一个声音接过了严予慈的话,丁默端着一碗面,坐到了姚念菲旁边。"严予慈,王梓奇已经熬了好几个通宵了,你也不去慰问一下?"丁默搅拌着面条,对严予慈抱怨道。"要你管啊,默姐,我今天有大事儿要做。"严予慈对姚念菲眨了眨眼,嘴角微微上扬,带着不怀好意的笑容。"介绍男朋友啊?"丁默问姚念菲。姚念菲急忙辩解道:"什么啊,她。"严予慈很快打断了姚念菲的话,"欸,对,我就是要带菲菲去相亲,怎样啊,默姐。""不行,姚念菲去相亲需要经过我的同意。"丁默假装严肃地对严予慈吼道。"丁默,你拉倒吧,快吃你的大排面吧,你整天泡在花堆里,当然不知道我们菲菲的寂寞。"严予慈说完，在桌子底下踢了踢姚念菲。"我那能叫花堆？我是花的缔造者。"丁默的语气颇有些小自豪的味道。严予慈摇头道："啧啧，千万别做整形医生的老婆。""哎呀，小慈你别说丁默了。"姚念菲不满意地朝严予慈看了一眼，然后岔开了话题。

"丁默，棉宝销号了，这事儿你知道吧。"丁默一边大口地吸着面条，一边点头表示知道。姚念菲又继续道："小慈今天打算去见月亮大婶，商量一下，看能不能找到棉宝，她担心棉宝出事儿了。"丁默看看严予慈说道："瞎操心！这种大V后台肯定是实名的，人家不想让你知道呗。"姚念菲点点头表示对丁默的百分之百赞同，"她就是找好了工作，闲的。"严予慈有些不太满意，她微微站了起来，伸手揪了揪姚念菲的耳朵，说道："菲菲，你明知道棉宝对我的意义的。"丁默看了严予慈一眼，说道："那王梓奇怎么不找啊。"姚念菲捂嘴笑了笑，说："王梓奇是用来找好妹妹的，找到了，那自然不敢再惦记了。"丁默嘴里塞了满满的一口面，发出了咯咯咯的笑声。严予慈的手叉了叉腰，看向了周围。

"菲菲，广电的面试怎样了？"丁默问姚念菲，姚念菲忽而有些沮丧地说道："不太成功。"丁默随即给姚念菲抛去了一个媚眼,"给我当小助手?"还没等姚念菲回答,严予慈的纸巾已经扔到了丁默的脸上,边扔还边补刀了一句:"刚擦过嘴的。"丁默接过纸巾,耸肩笑了笑,把纸巾放到了桌子上,继续吃着面。

严予慈看两人不说话,又把话题扯回到了棉宝销号这件事情上,"丁默,你怎么看这件事啊?"丁默感到了严予慈的语气好像有些认真,他坐直了身体说道:"正常,之前被网络暴力了,当时虽然没有销号,可能是做了什么线下的工作,等避开了风头,就销号了呗。也有可能整个事情都是炒作,想再把这个账号炒热。不过我觉得应该只是博主本人不想做了。""也有可能是后面有什么大招。"严予慈接着话说道。

姚念菲的勺子在她面前的那碗粥里拌来拌去,沉默几秒后问道:"你们觉得可惜吗?"严予慈倒是回答得快,她说道:"对我来说肯定可惜啊,总觉得少了点什么,以后,可能都没有这样的博主了。"姚念菲又问道:"所以,这个号还是有价值的,对吗?"严予慈点点头道:"当然啦,这个号也是从小透明一点点做起的,能每天坚持,不容易。不过没关系,菲菲,你可以对我说早安、晚安,说点故事什么的。昨天,做得就不错啊。"说完,严予慈看向了丁默,"是不是丁默,你昨天不也点赞了姚念菲写的那段酸文吗?"丁默抿嘴笑了笑,端起碗,喝了一口油腻腻的面汤。

被严予慈夸奖过后,姚念菲不好意思地摸了摸自己的脑袋,有些抱歉地笑道:"我是个没意思的人,我随便写写的。"丁默听姚念菲这么一说,立刻安慰道:"不会啊,菲菲,你最近是不是心情不好,其实找工作找不找得到都无所谓的,别想多了。"姚念菲朝丁默点了点头。

严予慈看姚念菲吃得差不多了,就开始催促她,姚念菲看了看时间,坐地铁到市中心也得要1个小时,现在过去时间也不早了,她立刻收拾起自己的碗筷。丁默看见两人要走,便问道:"你俩真的去找那个大婶?"严予慈点点头,继而询问丁默是否愿意一起去。丁默摇了摇头,表示对于这种女生间的聚会,他还是敬而远之比较好。

三人归还了碗筷后,便一起走出了食堂大门,丁默走着走着,忽然对姚念菲小声说道:"要是一会儿发现情况不对,先跑,不用管严予慈,她皮厚。"姚念菲大笑了起来,她已经好久没有这样笑了,严予慈则是抱紧了双臂,愤愤地往前走了好几步。姚念菲看到严予慈走到前面了,她忽然又问道:"所以,丁默,那个叫棉花猪蹄煲的微博号,你们真的喜欢吗?"丁默有些诧异,但还是回答了:"喜欢啊,没有了挺可惜的。"姚念菲点点头道："那就好，我陪小慈去了，再见。"丁默点了点头，就往篮球场方向走去，严予慈已经在前面的岔口等姚念菲了。

姚念菲才走出去没几步，又转身向丁默离开的方向快走几步，她喊道："丁默，丁默。"丁默听到姚念菲的声音便停下了脚步，"怎么了，菲菲？"姚念菲没来由地问出了一个让丁默很是摸不着头脑的问题："丁默，你会让你女朋友看你的微博吗？"丁默先是没有回答，随即嘴巴咧开，那双特别的内双眼睛迷人地笑了起来，他靠近姚念菲，看着她的眼睛，说道："我的女朋友她已经知道了。"说完，挥了挥手倒着往后跑向了球场，嘴里继续说道，"晚上等你吃饭。"姚念菲笑了笑，转身又快跑几步，挽起了严予慈的胳膊，往地铁站方向走去。

她们坐了几站地铁来到了尹姐约定的咖啡馆，这是一家以绿植花草为主题的咖啡馆，墙壁四周都爬满了爬山虎，环境幽雅。因为是上午，店里的客人很少。严予慈望见一位身穿职业装的女士独自坐在一张圆桌边，她猜想，那位就是她们要找的人。严予慈拉着姚念菲，走上前去，礼貌地问道："您好，打扰了，请问您是尹姐吗？"尹云樱站起来，笑着对严予慈举手示好，"对，你是小慈吧?"严予慈点点头，然后推了一把姚念菲，"这是我的舍友，姚念菲，她也是棉粉。""好啊，好啊，我们一起商量商量该怎么做。"说完，三人一起坐下。

尹姐示意服务员来这里点单，然后又笑眯眯地看着这两个姑娘。"你们有什么想法吗？毕竟是年轻人，更了解现在的新情况。"尹姐喝了一口柠檬水，很是优雅。严予慈有些看呆了，突然不知该说什么。这时，尹姐低头从包里拿出了自己的名片，"我们也算是网友第一次见面，我自我介绍一下吧，我叫尹云樱，小慈应该已经知道了，我是《江州情调》的编辑。"严予慈接过名片，看了一眼，"哇，我和姚念菲都是江州大学的学生。"尹姐点点头，说道："能看出来。"尹姐又问道，"你们是什么专业的？传媒吗？"严予慈摆摆手说道："不是，我们是学西班牙语的。"尹姐的眼神好像越发感兴趣了，她问道："我以为你是学传媒的，所以对这件事情特别有兴趣。"严予慈忙道："但姚念菲，她对传媒感兴趣，她最近还投了江州电视台的简历。"姚念菲狠狠地掐了一下严予慈的大腿，严予慈忍着没有发出声音，要是在平时，她早打过去了。尹姐和姚念菲对视了一下，颇有兴趣地问道："哦，不错，以后也算是同行了，你投的什么岗位?"姚念菲双手握住了杯子,她不知为何有些紧张,"尹姐,我投了微博运营。""好职位,难怪你对这件事情感兴趣。"尹姐说着,把咖啡往自己身边拿了拿,又把圆桌中间的鲜花移到了桌子的旁边,好让服务员方便把蛋糕放上,她把蛋糕往两位姑娘面前推了推,热情地说道:"来,多吃点。"

只听严予慈说了一句"嗯",就见她毫不客气地挖了一大块放到嘴里,她接着说:"尹姐,我想我们还是先发帖找找线索。"尹姐点了点头,"你说得没错,但棉宝很可能是一个团队,如果这样的话,就没什么意义了,现在也没有过去多久,可能后面会有新的动作。我们再观望也是可以的。""嗯嗯,也可以通过棉宝的微博内容找找有没有什么线索、定位之类的。"严予慈又提出了新的想法。"这个很难,我关注棉宝这个账号很久了,没有什么线索,我更倾向于,这是一个公司做的,或者说是一群人。"

说完,尹姐拿出手机打开微博,"昨天我已经发了一个帖子了,效果还行,很多人私信我,但我最近比较忙,没有多余的时间,最好由一个专门的账号来做这件事情。"严予慈想了想,看了一眼姚念菲说:"要不要,菲菲,你试试,提前实习。"姚念菲放下手中的芒果汁儿,疯狂地摆手，因为着急想说话，还不小心呛到了。尹姐笑着对姚念菲说:"我看行，小慈可以帮你，我们都帮你转发，你的号只有转发过棉宝的微博，没有别的内容，梳理起来更容易便捷，也不容易被网友延伸出其他新闻。"

严予慈点了点头，然后拿出了手机，"我现在就帮你编辑第一条，等着。"姚念菲安静地坐在一旁，没有说话，她紧握着双手，也不敢看尹姐，今天她不知为何如此局促。尹姐应该是看出了姚念菲的不自在，她把蛋糕往姚念菲面前推了推，亲切地说道:"吃，多吃点，你有些瘦。做媒体可是要有棒棒的身体的。"姚念菲点点头，挖了块蛋糕放到自己的嘴里，是柠檬蛋糕，有些酸酸甜甜的。尹姐继续说道:"你可以试试，这次事情可是一次涨粉的大好机会，别有心理负担，不存在做好做坏的，积累点经验，积累点粉丝。我和小慈都不需要练习了，但你很需要，对以后的工作也有帮助。"姚念菲只觉那口柠檬蛋糕糊在了她的喉咙上，她轻轻地点了点头，也没有直视尹姐。

严予慈一边敲着手机屏，一边对尹姐说:"尹姐，姚念菲昨天可是夸下海口了，她现在也要给我发问候了，和棉宝一样。"尹姐还是笑眯眯地看着姚念菲，说道:"可以啊，你可以接着，说不定会成为第二个棉宝呢。我们支持你。"

说话间，严予慈把手机递给尹姐看，"尹姐，你看，这样行不？"

面粉团：#寻找棉宝#亲爱的棉粉们，从棉宝销号到现在已经足足超过24小时了，我们没有得到关于他/她的任何消息，当然，没有消息就是好消息。这6年来，棉宝一直陪伴着我们，无论什么时候，从没有落下一天。他/她现在可能需要我们，如果有关于棉宝的任何消息，请参与话题，找到棉宝，找到我们的寄托。有重要信息的人可以私信我们。

"不错，发吧。"尹姐表示了同意。姚念菲复制了这段话，发到了自己的微博上，并且@了尹姐和小慈，继而说道："我觉得，找起来可能有些困难。"严予慈向姚念菲投来了不满意的目光，"还没开始你怎么就打退堂鼓了呢，还是不是好姐妹？"姚念菲又说道："如果是个团队的话，找到了也没什么意思，别人销号肯定有自己的理由的。"严予慈的腮帮子鼓了鼓，然后对姚念菲说道："我不同意，我觉得棉宝是一个人做的，肯定不是团队，要不然上个月怎么会被骂上热搜。"尹姐放下手中的咖啡，点头说道："如果认识上回那个发帖人，说不定很快就知道棉宝是谁了。这种事情，有时候还真不是空穴来风。"严予慈又说道："但有时候我又觉得奇怪，上次的事情最后不了了之了，好像是互相提升热度一样，自从那件事情以后，那个发帖人天天发自拍。"姚念菲双手握紧了杯子，说道："说不定人家商业合作，借着大V的热度炒一炒自己，也不是没有可能。"尹姐点了点头，然后喝了一口水，说道："今天就到这儿了，你们记得筛选一下，拜托你们了，我先走了。"

两人送尹姐到了咖啡店门口，又回到了座位上。姚念菲打开手机后，看到了铺天盖地的评论和私信，这时的她不禁感叹网络的力量，手机上这些密密麻麻的字让她看得头脑发胀。她看了看严予慈，可怜巴巴地说道："你会付给我工资吗？"严予慈轻轻地打了一下姚念菲的脑袋说："你想得太美了。"说完，看了看时间，"菲菲，好不容易进城，下午看电影吧。"姚念菲拿起手机朝严予慈晃了晃说："这个进度你不管了？"严予慈一把拿过手机，说道："这个是业余爱好，明天再说。"说完，拿起手机开始订票。

两人回学校的地铁上很是拥挤，正好赶上了下班时间，姚念菲和严予慈背靠着背，都快要喘不过气来了。她们提前两站下了车，打算步行回学校。虽说走回学校有些远，但总比那个铁罐头般的地铁车厢来得好。两人走进校园后，姚念菲忽然想起了今天早上丁默说要一起吃晚饭的事情，她拿出了手机，看到了好几个未接电话。"小慈，完了完了，说好要和丁默一起吃晚饭的，我忘得精光了。"严予慈漫不经心地说："没事儿，没事儿，他会等你的。"姚念菲赶紧给丁默回拨了电话，但是丁默没有接，她抿嘴看向严予慈，严予慈朝她摇了摇头。正在这时，姚念菲的余光好像看到了什么，她推了推严予慈，指向了前方，她们看到，一个女生坐在一个男生的自行车后座上。严予慈抓紧了姚念菲的手，托了托眼镜，又仔细地往那个方向看了一眼，然后用冷静的口吻说道："不是丁默，你紧张个什么啊。"说完，拉起姚念菲走向了食堂的方向。

原来，丁默说等她吃饭也只是说说而已。

饭后，姚念菲又坐到了图书馆的台阶前，这里是她最喜欢的位置，周围的灯光暗了下来，那轮黄色的月亮已经升起了，照亮了这个寂静的校园。姚念菲拿出手机，对严予慈说道："我要发今天的晚安了，记得点赞。"严予慈不可置信地看着姚念菲，说道："你还当真每天写啊，就你那水平，不想点赞。"严予慈虽嘴上这么说着，但行动还是不能马虎的,她拿出手机做好了点赞的准备。

  果敢的菲菲女士：#晚安不说再见#@蘑菇头茜茜
  这座城市太过拥挤
  容不下我的任性
  容不下我的疑虑
  容不下我的软弱
  我们用忙碌互相挤压着彼此
  你来到我的城市　却没来见我
  我去到你的城市　却没去见你

  严予慈看完后小声地对姚念菲说道:"菲菲,还真不能小看你了,还挺不错的。"姚念菲并没有看向严予慈,她又抬头看向了那轮月亮,她在想,丁默今天是不会给她回电话了,她确定那个背影就是丁默的。严予慈默默地掏出了手机,给丁默发了一条短信:"你在干吗呢?"然后也望向了那轮月亮。
  这个夜晚,姚念菲又要失眠了,这个从去年夏季开始的失眠,已经蔓延到了下一个春天。

前篇：猫爪与毛线团

姚念菲度过了很多个辗转反侧的夜晚，当然，并不是源于严予慈的夜间泡面，她现在和严予慈的作息同步了，这个熬夜女王，终于找到了同伴。严予慈对于姚念菲失眠这件事情，还是有些担心的，她正在给姚念菲点熏香，"菲菲，我点个熏香，刚刚在网上买的，据说有助眠的功效。"姚念菲坐在床上说："我没事。""突然改变作息是会出人命的。别以为自己真年轻，我们已经到了岁月不饶人的时候了，身体，身体才是最诚实的。"严予慈说完，把点好的熏香放到了姚念菲的桌子上。

姚念菲正在无聊地翻看着棉宝微博下的留言，这几天，她心心念念的都是徐衍，但他好像消失了一样，算一算也应该从欧洲回来了，其间姚念菲发了一次信息，徐衍回复：一切皆好。就再也没有下文了。姚念菲不免有些心绪不宁，时不时就想拿出手机看看。看了又很失望,手足无措地躺着等待睡意到来的那一刻。那熏香的味道,也着实浓郁,她只觉自己昏昏沉沉地就快睡过去了。

姚念菲强迫自己在床上呆坐了一会儿,手机依旧是静悄悄的,她等待着的消息还是没有如约而至。也许是她自己想多了,她和徐衍之间可能有着太过遥远的距离,远不是她所想象的。

早上醒来的时候,姚念菲只觉手指僵硬发麻,一看,手里还握着手机。她眯着眼睛,看到了屏幕上一条徐衍发来的短信。姚念菲忽地从床上弹坐起来,这些天由于失眠带来的疲惫感,瞬间消失了。

"菲菲,工作很忙,有些想你。"

徐衍回来的消息让姚念菲激动了好一段时间,她正在犹豫要不要告诉严予慈自己可能快要恋爱的消息。但当她看到严予慈因为棉宝的一条微博就如此发狂,她便打消了这个念头,到头来,她和徐衍的事情别变成全校皆知的八卦。

徐衍选择了一个夜景餐厅,环顾四周,一片灯海。在这里坐上几分钟，你就足够见证这座城市的变迁。老城区古色古香的低矮建筑和新城区的高楼大厦有着一道鲜明的分界线。如若你有一双视力不错的眼睛，一幅生动的画作便展现在你的眼前。衣着随意的老伯提着一袋丝瓜往巷子深处走去，路灯把他的影子拉得很长；而和巷子平行的那条人行道上，身着浅灰色正装的女孩正在啃一个三明治，目的地是那栋灯火通明的大楼。平淡的生活还是机遇满满的挑战，只不过是跨过一个红绿灯的距离。

刚端上来的开胃小菜被姚念菲一口就吃掉了，现在想来颇有些后悔，周围太过安静，气氛有些不太舒适。姚念菲的叉子在盘子里半径1厘米的范围内移动着，她问徐衍："欧洲旅游怎么样？"徐衍懒洋洋地回答道："还行。"姚念菲突然来了兴趣，她又问道："那给我看看照片吧。"徐衍抬眼看了姚念菲一眼，说道："都在朋友圈里发过了。"姚念菲又说道："那才几张？不够看。"服务员端上了一碗汤，徐衍开始用勺子搅拌着那碗淡黄的汤，带着哄小孩的语气说道："都在相机里呢，下次给你看。""哦。"姚念菲低头喝了口汤，她的直觉告诉她，刚才的那段对话，怕不是什么好兆头，气氛又顿时安静了，周围轻微的人声和碗碟轻轻擦碰的声音显得格外明显。

徐衍喝了几口汤之后，打破了沉默："菲菲，差点忘了，给你的礼物。"姚念菲放下汤勺，不好意思地说道："谢谢，还给我带礼物了。"徐衍把一个小盒子推到了姚念菲面前，"又不是第一次收我的礼物了，小时候送你的新年礼物，不会已经丢了吧。"姚念菲吐吐舌头，调皮地说道："怎么会，还放着呢。谁敢扔你徐大公子送的礼物。"

徐衍起身，打开了盒子，说道："来，戴上看看。"姚念菲惊喜地说道："你挑的？眼光不错啊。"徐衍的嘴角牵起了一抹意味深长的微笑，丹凤眼眯起了一点："一起去的朋友挑的。"姚念菲拿起手机背面的镜子照了照，说道："那我就不客气了，谢谢啦。"

"来拍张照。"徐衍举起了手机，记下了这美好的一刻，姚念菲说道："徐衍，你今天好像很开心。"徐衍看了眼手机里的照片，然后说道："那是，我找到了我的老板娘了。"姚念菲的头发被风吹到了徐衍的脸上，悠然的香味沁入了徐衍的脑中，他想亲一下姚念菲，但姚念菲转过了脑袋，他只亲到了她的头发，但这个味道好像一闻就会上瘾一样。徐衍确定姚念菲是喜欢他的，要不，就姚念菲这样性格的人，是不会轻易害羞的。徐衍的手臂搂住了姚念菲的肩膀，只是，不知什么原因，姚念菲的内心有些隐隐的不安。露台的风吹得她有些冷，可现在明明是夏天，可徐衍明明在她的身边，近到她分明能听见徐衍的心跳声。那心跳声越发清晰，姚念菲只觉一股热烈的气息直冲她的鼻腔，无处安放的手重重地垂在了身体两侧，她喉咙干涩，心跳加速，她狠狠地闭了一下双眼，此情此景难道不正是自己梦寐以求的吗？姚念菲深吸了一口气，正当她想鼓起勇气睁开双眼时，她冰凉的小手被一双温热的大手抓住了，慢慢地往上移动。

"近一点儿，菲菲。"

姚念菲没法自然地呼吸了。

徐衍把姚念菲送到校门口，她目送着徐衍的车走得很远了，才开始转身往校园里走。主路上亮着一排地灯，笔直地通向图书馆，姚念菲最喜欢在夜深人静的时候踩地灯，一明一暗，好像星星那样。姚念菲又坐到了图书馆前的台阶上，在这里可以望着江州大学的广场，现在正是叶子最绿的时候，浓重的绿色，是青春的颜色。忽起的一阵风吹得叶片沙沙作响，倘若换作是秋风，这吹一吹，叶子一夜间就黄了，再吹一吹，这叶子就落入了泥土，那当时绿叶般鲜活清亮的诺言，很快就随风散了。

徐衍回到家中，舒服地坐在沙发上，为自己倒了一杯红酒。这间公寓是母亲送给他的，留学回来后，他就一个人住在这里，这里是他的家。而另一个地方，对，从这里能够看到的湖边的那一排屋子，是他父亲的家。10:30，到了徐衍每天必须工作的时候，看那个微博账号。今天，棉宝也在江州中心，和他在同一个地方。

棉花猪蹄煲：＃棉宝晚安＃夏日的太阳有多猛烈，只有晒过才知道，冬日的暴雪有多刺骨，只有经过才知道。如果你有很多疑问，没关系，试一试就知道了。明天就别再犹豫了。

（定位：江州中心Y酒店）

徐衍有些心潮起伏，他打算再一次私信棉宝，告诉这个博主他的决定，他为自己感到开心。

私信　来自断联的风筝：棉宝，我已经做了决定，今天很开心。

私信　来自棉花猪蹄煲：是吗？什么决定。

私信　来自断联的风筝：你会替我保密吗？

私信　来自棉花猪蹄煲：这其实取决于你到底有多想说。

私信　来自断联的风筝：那好吧，如果你有了一个昂贵的包，但又看上了另一个新的怎么办？

私信　来自棉花猪蹄煲：两个都买。

私信　来自断联的风筝：你应该明白，我不是这个意思。

私信　来自棉花猪蹄煲：这只是我的想法，如果前面的很完美，就不会爱上后来的人。

私信　来自断联的风筝：谢谢你，4年来，我都很难，都是靠你给我打气。

私信　来自断联的风筝：4年前，因为一些变故，我放弃了读研，立刻回来，开始了工作。

敲下这句话后，徐衍忽然想翻看一下之前的私信记录，他一直都保存着，没有删除。他是不舍得删除的，这于他而言就好像一个锦囊秘籍，或者说是秘密基地，能够帮助他度过最难的时间，能够让他做出最为正确的选择，更重要的是，他有了直面自己的勇气。

私信　来自断联的风筝：棉宝，明天我要去公司上班，是父亲的公司，我该怎么做？

　　私信　来自断联的风筝：棉宝，公司的人好像对我的态度很奇怪，我怎么办？

　　私信　来自断联的风筝：我太累了，什么东西都不会，复印文件都没有按照规定整理，我太没用了。

　　私信　来自断联的风筝：太多细节需要思考了，我该怎么办？每天晚上都在想，根本睡不着。

徐衍往下滚动着鼠标，每一个问题棉宝都细心回答了。他回想起当初的自己，不禁摸着额头笑了笑。初入职场的一幕幕场景又重现在了他的眼前。其实对于职场，他是有心理准备的，他没有盲目自信地踏入公司，而是做好了受挫的可能。但父亲斥责的语气、同事模棱两可的态度确实让他感受到了无力。他又继续往下拉了拉私信。

　　私信　来自断联的风筝：棉宝，太开心了，我成立了自己的公司。

　　私信　来自断联的风筝：业务遇到了麻烦，我还是不太老练。

　　私信　来自断联的风筝：为什么遇到麻烦的人总是我呢。

　　徐衍往沙发上靠了靠，双手枕在头上，这4年，快乐的时间是如此之少。每天，他都是在质疑自己中度过的。不过，现在不会了，一切都改变了，他又变回了那个自信满满的徐衍。徐衍又把私信往下拉了拉，回到了最新的位置，对于棉宝的每一条回复，徐衍都是很有期待的，这个账号好像有一种魔力一样，每句话都能说到他的心里，有时，他甚至抱着见一见这个博主的希望，或许他们能喝点小酒，品点小茶，聊到天明。

　　私信　来自棉花猪蹄煲：过了最难的，就会迎来最好的。祝你幸福。
　　私信　来自断联的风筝：谢谢你，我甚至有想过，如果你是现实中的人，我一定会爱上你。善解人意，善良温暖。
　　私信　来自棉花猪蹄煲：看来，你可能要纠结，买不买第三个包了？

前篇：猫爪与毛线团

　　私信　来自断联的风筝：你一定要幸福。

　　徐衍关掉了私信对话框，他觉得自己变得明朗了，他回到了自己的主页，打算发出一条新的微博，宣告他的重新开始。而今天的微博不需要@于慕岚了，她已经不再是他生命中那个重要的人了。但徐衍错误地估计了自己的内心，人们总是对自己没有清醒的认识，总是轻易地就下一个个定论。他发出了他的"第一条"微博，每一个字都敲得郑重其事。

　　断联的风筝：对于努力的人，生活不会亏待，虽然不是每次都能一帆风顺，但最后，总会峰回路转。
　　谢谢你，我最爱的棉宝@棉花猪蹄煲
　　配图一张夜景。
　　（定位：江州中心Y酒店）

　　姚念菲依旧坐在台阶上，时而看看手机，时而发发呆。她收到了严予慈发来的催命短信："菲菲，你什么时候回来？安全吗？"姚念菲回复道："我在图书馆前面，我想自己待会。"严予慈回复道："好，我离睡觉还早着呢，你别着凉了。"姚念菲低头看了看自己穿的低领连衣裙,徐衍给的那条项链在路灯下微微闪着星星点点的亮光,她伸手把项链搭扣转到了胸前,解开了项链,放回到了盒子里。

姚念菲看着盒子,徐衍说这是他旅游时买的,她忽然间就想到了老冯。老冯从小就是罚站队的队长,小时候整天调皮捣蛋,皮肤晒成了好看的小麦色,现在做起科研来了,倒是变成了细皮嫩肉的书生了,不过听传闻,冯宇诚的科研倒是做得很不错。姚念菲还在想着那天老冯的话,老冯和丁默认识。问题是,老冯怎么知道她认识丁默。朋友圈点赞?不对,在加好友前,老冯就说了。

姚念菲觉得胡思乱想也毫无益处,她拿起了手机,给丁默打去了电话,准备问问清楚。电话那头传来了丁默飘忽的声音:"菲菲大小姐,想我了?"姚念菲有些生气地说道:"想个鬼。"丁默的声音立刻恢复了严肃:"哎哟,这么凶啊,晚上吃火药啦。"姚念菲说道:"对,吃了两颗手榴弹。"电话那头传来了丁默爽朗的笑声:"哈哈哈,姚念菲,看来你今晚很是无聊啊。不然怎么会大晚上主动给我打电话啊,准备和我聊通宵吗?想好台词了吗?"姚念菲直了直腰背,然后说道:"问你个事儿。"丁默打断了姚念菲的话,又开玩笑道:"哦哦,好的,我单身,颜值高,学历高,未来职业是整形外科医生。"姚念菲并没有接下丁默的话，而是继续认真地问道："丁默，你认识冯宇诚吗？"电话那头的声音明显有些意外，带着狐疑的口气说道："干吗问这个？"姚念菲立刻解释道："哦，冯宇诚是我高中同学，那天正巧看到，我说起我在江州大学，他说他认识你。"丁默说："没错，我以前出国交换的时候，在他们导师的实验室和他一起做过项目。大神级的人物，科研脑袋。"姚念菲又问："你跟他说起过我吗？"丁默的语气明显高昂了一些，说道："没事儿跟他提起你干吗啊。怎么了？我去，姚念菲，你不会是看上他了吧？"姚念菲的声音有些着急："不是，丁默，我就随便问问。"丁默的语气带着几分撒娇，听上去怪怪的，他说道："姚念菲，你要是见他必须带上我，知道吗？必须带上我。听到没？""听到了。"说完，姚念菲挂断了电话。

她低头看着手机，莫名生出了一种不好的预感。突然降临的光，总会让人短暂地失去视力。她总觉得接下来会发生一些毫无征兆的意外，难忘的夜晚总不会这么快结束，现在还没到12点，再坐着等会儿吧，但是她在等什么？姚念菲并没有想明白。

"姚念菲，快给我下来，半夜三更的躲在台阶上干什么？抓鬼吗？"当姚念菲抬起头后，发现自己已经像一个塑料袋子那样被严予慈从台阶上提了起来，她被搂着肩膀推到了宿舍，按在了椅子上。严予慈深吸一口气，然后开始劈头盖脸地教训起了姚念菲来："我的小菲菲，你知不知道，晚上大学校园里最不安全了，尤其是女学生，更尤其是穿红衣服的女学生。"严予慈一直啰啰唆唆地唠叨，直到姚念菲洗漱完，躺到了床上，她才大叹一口气，坐回到了椅子上。一顿啰唆下来，严予慈不免也有些累的感觉。姚念菲见严予慈不再说话了，便翻了个身道："躲过了我妈，却没有躲过你。"严予慈又叉腰站着说："我这是替阿姨管教你呢。太不安全了，菲菲，你这个习惯要改。"姚念菲有些睡意，她打了个哈欠又翻了个身，很快就睡着了，失眠多日以来，她终于睡着了。

"菲菲，菲菲。"严予慈轻声地喊着她。发现姚念菲睡着后，严予慈自言自语道："行，终于不失眠了。"然后回到自己的书桌前，继续刷着微博。

徐衍的酒杯已经空了，电视还开着，他靠在沙发上抱着一个抱枕，已经睡着了。一阵电话铃声把他惊醒了，他闭着眼睛，按下了接听键。"臭宝，是我，小岚，你今天很开心吗?"徐衍一下子就睁开了眼睛,他的声音明显有些紧张:"还行。怎么了?""还行?你又发状态了,微博不删了,啊?"于慕岚的声音明显带着几分质问的语气。徐衍硬生生地说道:"和你已经没有关系了。"电话那头传来了焦急的声音:"以前的微博呢?你给我发的告白帖呢?我们的官宣帖呢?你给我贴回去。臭宝,好不好?"徐衍用冷冰冰的声音说道:"我们结束了,小岚。"

电话那头停顿了足够长的时间,长到徐衍都打算挂断电话,突然,于慕岚带着哭腔说道:"你删掉的那些微博,都是我最珍惜的,想不到,居然变成了你羞于承认的过去!"她吸了吸鼻子继续说道,"徐衍,你不能就这样一走了之,你要给我一个交代,我要你给我一个交代。"

耳膜被尖锐的声音刺激后,酒彻底醒了,徐衍扔掉了抱枕,坐直在了沙发上,他一手拿着手机,一手撑在腿上,手指拧着眉心处,"我们结束了,从欧洲回来我就跟你说了,我们结束了。"又是一阵停顿,但这次时间不长,于慕岚的语气缓和了很多,她说道:"在机场到达大厅吗?你不能这样对我,你必须要给我一个理由。"徐衍叹了口气,说道:"我们不合适。"于慕岚的情绪又重启了,她声嘶力竭地质问道:"不合适,你从大一和我在一起,现在说不合适，凭什么?"徐衍望向天花板，又是一声叹息，"你在聊城，我在江州，我俩工作都很忙，不合适。"

徐衍挂断电话，重重地把手机扔到了沙发上，在这个姚念菲唯一安睡的夜晚，徐衍却失眠了。他两眼发直地坐在沙发上，窗帘被风吹得一鼓一鼓的，他拿起了手机，打开了微博，他现在需要找一个能够说话的人。

　　私信　来自断联的风筝：棉宝，我又开始犹豫了，怎么办？

对方并没有回复，徐衍把微博拉上拉下的，就盯着那几行私信，过了一个晚上。

　　私信　来自断联的风筝：棉宝，你应该睡了，那我就自我消化吧。

徐衍又陷入了黑暗中。于慕岚，在徐衍最为年少轻狂的时候认识了她，这个明媚的大眼睛姑娘，笑起来像一颗小太阳，那随着小提琴拉弓一起递来的眼神，是春日的湖水，秋日的暖阳，但他居然这么轻易地就放弃了她。甘心吗?徐衍自问道。

不,不对,这个4年,在他最为困难的4年中,于慕岚仍然在国外求学,仍然过着她公主般的生活,做着音乐家的梦想。而他,早就把身上那点少年气全部都丢在了过去,丢在这车流中,丢在了昨日的时光里。

现在的徐衍,已经不是于慕岚心里的徐衍了。他曾暗自想过,现在的自己是不是已经配不上于慕岚了,但他又很快地否定了,他的答案是,现在的徐衍不再需要那个往昔的于慕岚了。他把头发往后捋了捋,一个新的开始放在他的面前,这个开始就是姚念菲。徐衍想,明天,早点去公司吧,按下重启键。

私信 来自断联的风筝:我想明白了,勿回。

对于去公司上班而言,徐衍是很少坐公交车的。不知怎么的,今天鬼使神差地就走去了小区门口的公交站。这时,一辆公交车驶进了车站,上了公交后,徐衍才猛然发现,他没有查看这辆车开往哪里。他看了看车窗上的线路图,可以到公司,四站路,很好,公交车上人很少,他找了后排的座位坐了下来。

司机停在了下一个车站,没有人上车,司机关上车门发动车子。突然,徐衍感觉窗外一个影子很熟悉,他再往窗外看了一眼,是于慕岚。车子开动了,她疯了一样地奔跑,头发飞得到处都是,徐衍看到她张大的嘴巴,一直在一开一合的,但他听不见声音。

徐衍想打开车窗,但车窗怎么也打不开,那个女人还在奔跑,直到车子转弯了,她消失在了视线中。徐衍长长地舒了一口气,靠在椅背上,心跳加速。

"衍,刚才看什么呢?"

徐衍往左边看了看,"妈?"

"别看了,我让她下车了。"

徐衍感觉猛然一下就醒了,他听到一阵连续而清脆的门铃声,接着是嘭嘭的敲门声。他四肢僵硬,只觉身体拼命往下坠,怎么也起不来。

他又听见了密码锁的声音,然后是门的铰链的嘎吱声。一双高跟鞋踩了进来,听声音是细高跟,徐衍的脑门有些发涨,他伸手去摸床头柜上的手机。高跟鞋踩了三步,停了几秒,然后是轻柔绵软的脚步声。他没有摸到手机,他想支撑着起来,但是怎么回事,这是在做噩梦吗,他身上的被子很重,重到他不能呼吸。

一丝光线穿过了他的瞳孔，再多一点，突然他看清了，一张女人的脸，一双长着纤长睫毛的大眼睛，小小圆圆的鼻尖已经贴到了他的鼻尖上，红色的唇瓣些微张着，他清楚地感受到扑面而来的温热的呼吸，带着点水果味的香甜。

他猛地睁大了眼睛，大喊道："于慕岚，你干什么？"徐衍飞快地从床上坐起，把于慕岚一把推到了床尾。于慕岚哎哟一声轻叹，抱怨道："你紧张什么？又不是没看过。""你怎么在这儿？"徐衍按了按印堂处，手扶着脑门，有些疲惫。他打开手机，已经上午 10 点了，太晚了，今天还有一大堆事情没做。手机页面还停留在昨天的账号上，账号已经按时更新了。

棉花猪蹄煲：#棉宝早安#栀子花香飘进窗户，叫醒各位啦。新的一天，当然是元气满满。今天的早餐是什么呢？肉包子配咖啡啦。

"看什么呢？"于慕岚一把拿过徐衍的手机，"你关注了谁啊，还跟别人私信，徐衍，你到底怎么了？是不是有别人了？"徐衍不耐烦地伸手想拿回手机，"拿过来，一个博主而已，你怎么进来的？"于慕岚往徐衍身边靠了靠，眼睛张得大大地看着徐衍道:"你说呢?"徐衍站了起来,"别来了,我们结束了。"他的丹凤眼里露出一丝丝寒意,这道寒意让于慕岚的笑容僵了几秒,但她很快就恢复了。

于慕岚站了起来,声音冷静地说道:"我已经辞职了,徐衍,我今天早上就跟领导辞职了。"徐衍的眼神里闪过一丝惊讶,但还是尽量克制地说道:"你想干吗?"于慕岚的回答倒是很快:"我来江州啊,来江州陪你。这样我们就不再是异地了。"

徐衍走到客厅,给自己倒了一杯水,又给于慕岚倒了一杯,把杯子放在桌上时,徐衍显然是用了一些力气,水在杯子里不安分地晃动了几下,两滴水洒在了外面。"喝完水,歇口气,就走吧,一大早来,累了。"于慕岚从房里走出来,慵懒地靠在门边,说道:"徐衍,好哥哥,你还是关心我的,对不对,你不能这样就把我甩了。"徐衍不知该怎么继续说下去,他还是说了那句话:"我们不合适。我们不要再彼此耽误下去了。"说完,走向了洗手间。

于慕岚快步跟上了徐衍,拖鞋在地板上拖出了丝丝的声响,她只觉得自己好像一个怨妇一样:"我们在一起7年了,你是我的初恋,你一句不合适就想把我打发了,徐衍你不能这样的。"徐衍往牙刷上挤了点牙膏,"小岚,你不是我认识时间最久的人，7年，7年怎么了？你的7年也是我的7年。"于慕岚的呼吸节奏明显加快了很多，她的胸口一起一伏的，但还是用淡定的口吻说道："怎么，有新欢了？还是要和前女友复合？不对，哥哥，你告诉过我的，我也是你的初恋。"徐衍沉默了，他无法搜索到更为合适的说辞，他把水龙头打开，脑袋里充斥着水流的声音，双眼死死地盯着洗脸池。于慕岚看徐衍没有接话，继续说道："如果我能够，我也想早点认识你，我也想知道你以前的事情，你现在心里的想法，可你从来都不说。徐衍，你从来都不说，你不能这样对我，你不能。"

"我要洗漱了，你自己去客厅冷静一下。"门啪的一声关上了，徐衍双手撑在洗漱台上，他看了看镜子中的自己，高挺的鼻梁，一双丹凤眼，棱角分明的薄嘴唇，嘴角似笑非笑。昨晚，不，确切的时间是清晨，他梦见了妈妈。

"儿子啊，除了嘴巴，你哪里都像妈妈。"

"那我的嘴巴像爸爸，好看吗？"

"太薄了点儿，但儿子，好不好看，对男人来说没有用的。"

"姚念菲，你觉得我的嘴巴好看吗？"

"你有病啊，你问冯宇诚啊。"

忽起的手机铃声把徐衍从过去的场景中拉了回来，是姚念菲的电话，电话那头传来了姚念菲的声音，今天的姚念菲显然有些可爱，"徐衍，想我吗？"徐衍捂着嘴巴，小声地回答道："菲菲，我正在和客户说事情，晚点打给你，今天你自己玩吧，我不陪你了。"电话那头的姚念菲有些失望，徐衍很快地挂断了电话。

洗手间外面，于慕岚正坐在客厅的椅子上，她把水全喝光了，双手紧紧握成小拳头，好像要把手心掐出一个洞。那张精致的鹅蛋脸上没有丝毫血色，甚至连头发都有些散乱。她好像听见了什么声音，她凑到了洗手间的门外，把耳朵贴在了门上。她什么都没听见，只有哗哗的水声，但又好像什么都听见了，脑袋里人声鼎沸。她又往门上靠了靠，双手撑在门上，整个右半肩紧紧地贴在了上面。依旧是哗哗的水声，对，她曾经听到过这个水声，7年前在徐衍的宿舍里，淋浴房的水把她的脸拍打得生疼，那些水珠用力地打落在她的肩上，蒸腾起的雾气充斥着徐衍特有的汗水味，她记得徐衍对她说，他会一辈子只爱她一个人的，一辈子都对她负责的。

门突然打开了，她重重地往后退了两步，要不是后面的柜子挡住了她，她怕是要摔倒了。她想上前抱住徐衍，但徐衍躲闪到了一边，她拉住了毛巾架才勉强保持住了平衡。她的眼前是那个熟悉又温暖的大浴缸,雪白光滑的陶瓷釉面在阳光下显得尤为扎眼。蓝天白云从玻璃窗中扑面而来,她只觉一阵晕头转向,于慕岚跪在了瓷砖上,她裸露的膝盖并不冷,阳光早已把瓷砖烤得暖烘烘的。

"哥哥,你不能这样对我。我从上大学时就和你在一起,你是我最崇拜的学长。你记得吗?有一次我们吵架,我关了手机,你来我宿舍楼下等我。后来下大雨了,你没有带伞,就一直站在雨里,我下来拥抱你的时候,你冷得发抖。后来,我们就一起租房子,你的预算不够,你说你不想再问你父亲要钱,我们就一起租在一间很小的屋子,在那个拥挤的空间里,居然每晚都睡得很香。你说你不继续读书了,要回国工作打拼,我们要异地一段时间,我二话没说就答应你了。你告诉过我的,这是我们的婚房!这是我们的婚房!我毕业了你就娶我,现在你怎么都不记得了呢!"于慕岚撕心裂肺地哭了起来。

徐衍长长地叹了一口气,"你跪在地上做什么?你起来吧,我们结束了,你不要再纠缠我了。"徐衍上前蹲下,抓着于慕岚的肩膀,他好像是在命令她,也是在恳求她。于慕岚看着徐衍好一会儿,她的脸缓缓凑近,鼻子贴在了他刚洗过的脸上,皮肤顺滑,还带着点薄荷的清香,她用极其小的声音说道:"纠缠你?这就算纠缠你了?我于慕岚不屑。"说完后,起身摔门而出。

就让她发泄一下吧,发泄一下就好了。徐衍走到门背后,整了整那个歪掉的收纳袋,又到洗手间捡起了地上散落的一些长头发。那些发丝很软,虽然只有几根,但还是散发着淡淡的玫瑰花香,有些许淡淡的棕色。他把头发团成了一个球形,扔进了垃圾箱,秩序又恢复如初。此刻,徐衍的想法非常坚定,他工作步入正轨,姚念菲成为那个陪伴他的人,这个从7岁起就认识的人,不会说他的不好,不会指责他,永远都不会从他的生活中离开。他会和姚念菲一起,在这座熟悉的城市,和他们共同熟悉的朋友,一起做一番事业,过着精彩的人生。

徐衍拿起手机,拨通了姚念菲的电话,"菲菲,我的事情结束了,晚上一起出来。""啊,可是刚才你说没空的,我约了同学了。""没事没事,你玩吧,改天。"徐衍顿了顿又说道,"菲菲,搬来我家住吧,我给你整理一间房间,这里的条件肯定比宿舍好。"

许多年以后,徐衍可能还是会感叹命运,当时言之凿凿的想法只不过是过眼云烟,老天时不时打雷下雨,可能就是在嘲笑我们对于未来浅薄的想象。

寻找大 V 之集思广益

姚念菲的眼睛就这样睁了一个晚上，她在床上翻来覆去，左思右想，那个背影在她的眼前晃来晃去，怎么都不愿意消停。第二天起床的时候，她的眼睛肿得好像鱼肚子一样。但照例，姚念菲还是拖上了严予慈去食堂吃饭。严予慈一路无话，姚念菲也在半梦半醒的状态，两人吃完了早饭离开食堂的时候，严予慈忽然问姚念菲道："菲菲，你今天是不是想来偶遇丁默？"姚念菲一言不发，只是低头看着手机，半晌，她又说道："丁默还是没有给我回电话。"严予慈拍了拍姚念菲的肩膀，一时也不知该说什么才好。

两人晃悠悠地回了宿舍，准备开始看昨天的回帖。回帖的数量是很多，但以鼓励和叫好为主，真正有干货的帖子实在是不多。严予慈把椅子搬到了姚念菲的书桌旁边，一起浏览着，俩人一边浏览一边摇头，只觉双眼干涩，看着看着就开始眼花缭乱了起来。

  哇,这真是个好主意,大家快来提供线索。
  我看是白费功夫,在网上找人还不是大海捞针。
  行动起来,行动起来。
  棉宝一定要重新开始啊,怎么能说走就走呢。
  不要废话了,提供点线索。
  你们不觉得这个号写的内容也不错吗。
  为什么要找棉宝,大 V 的世界我们能懂?
  棉宝是我家楼下的老大爷,每天晚上他孙子都教他玩手机。
  猜测棉宝是位甜妹子。

虽说评论区没有什么有营养的回复,但是私信中还是有几位表示了面谈的意愿。姚念菲和严予慈打算见见这几位网友,但为了安全起见,她们叫上了尹姐。这一次,尹姐约在了一个人流量比较多的咖啡馆。对于她们三人来说,这样的约见是绝对全新的尝试。

第一位,微博账号"飞象大叔"。见到真人以后居然是一位戴着眼镜的瘦弱姑娘，粉色长裙搭配白色布鞋，长发飘飘，提着一个水墨花色的布袋子。"你是大学生吗？"严予慈先开口问。飞象大叔摇了摇头说道："我是少年宫的画画老师。"说完，拿出了自己的工作证，"你们相信我好了，我不是那种来无理取闹的人。我很喜欢玩微博，也关注棉宝很久了。"姚念菲歪着头，认真地听着；尹姐舒服地靠在椅子上，手上拿着一本笔记本。飞象大叔托了托眼镜，声音温柔，继续道："我也是猜测，但我是有证据的，不是胡说八道的。"根据她的想法，棉宝是一个姑娘，并且非常喜爱吃棉花糖和各式以猪蹄为主的菜肴。而那个猪蹄，则是暗指棉宝的男朋友。因此，棉宝是一个有男朋友的爱好吃棉花糖和黄豆猪蹄的女生。鉴于棉宝曾经多次定位在江州，常年混迹微博的她给出了大约20个微博号。她都打印在了一张A4纸上。"这都是什么啊？"严予慈拿着纸问道。飞象大叔说道："我怀疑这其中有棉宝的小号，这些号的定位都在江州，其中晒出过吃棉花糖和猪蹄的照片，并且都有和男性的合照，而且比较固定。"严予慈把A4纸给了尹姐，尹姐看了一眼，佩服地竖起了大拇指。姚念菲也凑过去看了一眼，转而对飞象大叔说："但这也不能确定啊。"飞象大叔似乎早就料到了会被质疑，她喝了口水，缓缓地说道：

"来之前，我已经给其中的每个都私信了，只有一个没有回复我。"她的手指指向了一个叫"冰沙女王"的账号，"我怀疑这个就是。"飞象大叔的眼神异常坚定，周身围绕着一种让人信服的气息。尹姐立刻拿出手机，搜索了一下那个叫"冰沙女王"的微博账号，快速地浏览后她摇了摇头道："风格感觉不是很像，但也不能排除。"飞象大叔说道："我在等她的回复，有了回复再告诉你们。"三人都整齐划一地朝飞象大叔点了点头，然后表示了感谢。临走时，飞象大叔还放了 20 块钱在桌上，作为奶茶 AA 的钱。

"还算靠谱，天哪，我都不能想到，还有这么细心的人。"严予慈一手捧着杯子，一手拿着奶茶的管子，瘫坐在椅子上。尹姐说道："什么人都有，这个纯粹就是人在家里蹲，脑在世界晃，没多大用处，但也算是开眼界了。"说完拍拍严予慈，让她坐好，一会儿又有人要来了。大约 15 分钟以后，她们约见的第二位知情者准时到达了。

第二位，微博账号"咆哮的卷心菜"，是一位大学生，理工男，显得有些拘束。他穿着运动服，戴着黑框眼镜，背着一个双肩背，一看就是个技术控。他一直低着头，不敢看她们三个，这样的反应让严予慈她们也有几分尴尬。他坐在椅子上，仍旧背着他的包，尹姐说道："同学，你可以把包放下来了。"男生仍旧低着头,然后把包放在了椅子上。四人都沉默了一会儿,姚念菲想,"咆哮的卷心菜"这个微博名还真是符合他的性格,不爱说话,像包裹着的卷心菜,但心里肯定是每时每刻都在万马奔腾。正当她这么想着,咆哮的卷心菜开口说话了。"我是江州大学的学生,我今年研二。"严予慈的眼睛瞪得老大,然后说道:"学弟?"咆哮的卷心菜说道:"学姐好。"他好像放轻松了一些,然后继续说道,"我和我的朋友有夜跑的习惯,有一次我们在学校前的广场上坐着休息。我刷微博的时候点击了同城,第一条跳出来的就是这个账号,一般情况,都是附近的人排在前面,所以我猜测棉宝是我们学校的学生。"咆哮的卷心菜依旧低着头,姚念菲一直盯着他的头顶看,她都已经发现他头顶的两根白发了,她说道:"可能只是路过。"咆哮的卷心菜回答说:"这个我也不确定,我只是提供线索。"严予慈看着眼前这个人,显然想到了王梓奇,她把奶茶放在桌上,说道:"学弟,谢谢你,你很细心,但这个消息,范围也太大了点。"咆哮的卷心菜说道:"不会,我觉得棉宝是我们学校的学生。我们学校的位置那么偏,晚上谁会来瞎逛呢?"严予慈扭了扭脖子,忽然觉得他说得很有道理,她点头看向了尹姐。尹姐正在她的笔记本上记录着什么，好像并没有要抬头说话的意思。严予慈正想着要说些什么，咆哮的卷心菜又对她说道："学姐，其实我觉得你有些面熟，我好像在路上经常见到你。"

这句话一出，严予慈只觉有些怒意，这个看着内向老实的人不会是借机过来接近她的吧。尹姐本想打趣严予慈的，但还没等她开口，严予慈就用飞快的语速说道："谢谢你，我们已经记下了，再有什么问题我们会联系你的，再见。"咆哮的卷心菜从椅子上站起来，背上了双肩背，说了声再见，便往门口走去。姚念菲只觉实在是对不住人家，就朝门口大喊了一句："谢谢！"咆哮的卷心菜不知到底听没听见，也没回头，就推门走了。

尹姐带着笑意对严予慈说道："你看你，把人家都吓跑了。"严予慈没有回答，而是两眼放空地直视前方，她似乎忽然想起了什么，开始在包里翻找，几秒后从包里拿出了一面镜子，她开始仔细地看镜子里的自己。一双大大的杏眼，翘翘的小鼻子，圆圆的小脸，她对镜子里的自己笑了笑，然后满意地把镜子放了回去。尹姐正玩着手机，没有注意到严予慈的举动，但姚念菲都看在了眼里。"有追求者啊大美女。"严予慈没好气地白了一眼姚念菲，然后拿出手机刷了起来。

接着而来的是三个姑娘，三人并排坐在了那张两人位的咖啡椅上，好像有些拥挤。三人梳着一样的发型，擦着一样色号的唇膏，连眼影的颜色都是一样的。严予慈的视线从左看到右，又从右看到左，然后意味深长地和姚念菲对视了一眼。坐在中间的女孩先开口说道："我们是江州师范学院的，我们三个都是棉宝的粉丝。"坐在左边的蓝衣女孩接棒继续道："我们其实是4人一个宿舍的，但另一个舍友从来不出门，好像长在床上一样。"坐在右边的黄衣姑娘拼命地点点头，"对对，她整天在打字、看剧，前些天，棉宝封号了，我们在宿舍讨论。"中间坐着的白衣姑娘立刻接话道："然后，她突然说了一句，她就是棉宝，她玩腻了，不想玩了。"尹姐抬起头，"那她有证据吗？"三个姑娘面面相觑，摇了摇头。右边的姑娘又说道："但我觉得她不可能是。"尹姐看着三个姑娘，似笑非笑地动了动脑袋，幅度较小地晃了晃手里的笔记本，说道："我记下了，有什么新情况记得联系我们的账号。"三个姑娘礼貌地起身说了再见。这次对话倒是简短轻快，可惜没什么有价值的线索。

三个姑娘之后而来的又是一位姑娘，微博名叫菠萝菠萝蜜，她戴着鸭舌帽，背着双肩背，但看样子并不是一位学生。坐下后，她便做起了自我介绍，当严予慈得知她是记者的时候，她惊讶地狠狠撞了撞姚念菲在桌下和她并排的膝盖。尹姐似乎没有什么反应，她泰然自若地问了问她的单位，菠萝菠萝蜜也主动和尹姐交换了名片，两人相视而笑，尹姐把名片随意地夹在了笔记本里。想必这么好的一个报道机会，尹姐是不可能把资料和面前这位陌生女士分享的。

随后而来的几位都是匆匆说了几句就结束了，姚念菲看着这些人，不禁想到了自己面试的情景。她只觉得刚才听见的那些对话都像跳跳糖一样，在她的脑袋里蹦来蹦去的，但很快就融化了，什么也没记下。严予慈看了看手机里的列表，还剩最后一位了，这是她今天最后的希望了。

比约定时间早了10分钟，一位打扮时髦保养良好的中年女人推门而入，她的账号名叫"游乐场一姐"。她优雅地坐到了沙发上跷起了二郎腿，轻轻地整理了裙子，先看了一眼尹云樱，随后面带微笑地对着姚念菲和严予慈说道："你们好，我直入主题，我认识这个微博账号的主人。"尹姐明显有些感兴趣，她的笔顿了顿，看向这位中年女人，"我小姐妹的女儿，我听她妈妈说她女儿是网红，她一直叫她女儿绵绵，我感觉很像。"严予慈说："那最近你见过她本人吗？最近有没有什么不一样？"中年女人喝了口茶，继续说道:"我是没见过,但最近听别的小姐妹说,她女儿破坏人家家庭,我感觉没准就是她。"尹姐掏出了手机,"这是我的二维码,你知道什么的话,再和我联系。"中年女人说道:"好友就不用加了,有什么事儿我在微博上联系你们就好了。"说完又喝了一口茶,尹姐尴尬地收回了手机,大家都一时无话。隔了一会儿,游乐场一姐又说道:"小美女们,这是我美容院的广告,你们看看,美甲和美睫都是有折扣的。"说完,从包里拿出三张广告纸,放在了三人的面前。中年女人又嘻嘻笑道:"如果想打针,也是可以的,现在折扣力度都很大的。从年轻时候保养,才有意义,老了就没什么用了。"严予慈拿出手机,给姚念菲发了一条短信:我们看着是要整容的?姚念菲看这情形特别尴尬,就说道:"谢谢。"游乐场一姐马上说道:"不客气,但是我有一个小请求。"尹姐从笔记本后面抬了抬眼说道:"什么?"游乐场一姐马上说道:"要真的是我小姐妹的孩子,能不能用我的微博账号发出。"尹姐点了点头,把笔记本放在那张广告纸上,带着微微笑意看着她。游乐场一姐有些不好意思了,她把头发夹到了耳后,站起来和大家道别。

等中年女人走后,姚念菲从椅子上站起来活动活动筋骨,今天她算是大开眼界了。严予慈瘫坐在椅子上,两手耷拉在椅子的边缘说:"我们这样找要找到什么时候,简直是大海捞针啊。"尹姐一一拍照发给了严予慈,然后合上了笔记本,"没关系,不用担心,你们把今天的经历写到微博上,分几天发出来,要有故事性。"姚念菲一边做着转体运动,一边看向了尹姐。"抛砖引玉?""引蛇出洞。"尹姐把本子放回到了包里,招呼服务员买单,然后说道:"咱先就这样了,之后的事情,再说吧。"起身之前,她拍了拍姚念菲的手背道,"这里面有些故事还是挺有卖点的,可能可以发酵发酵,但也可能就石沉大海了。"姚念菲微微点了点头,在那一瞬间,她是有些不情愿的。严予慈倒是颇为满意地说:"这样,菲菲的微博号应该是会火一段时间的。"

姚念菲和严予慈又在沙发上瘫坐了一会儿,只要在晚高峰前上地铁就行。尹姐不在,两人稍微放松了一下。严予慈的眼睛一会儿张,一会儿闭,看来下午把她累得不轻。姚念菲用胳膊推了推严予慈说道:"回宿舍睡去吧。"严予慈提着个小包包,晃晃荡荡地走向大门,就在这时,她的包很是不给面子地碰倒了一位客人的咖啡杯。

"对不起,对不起。"严予慈一边说着对不起,一边从包里拿出纸巾来,咖啡杯碎了一地,所幸的是没有弄伤人,也没有弄脏衣服。"没事没事,算我的。"那位长发飘飘身材高挑的女生站了起来,"我看你们在这里坐了一下午呢,喜欢这家咖啡店?"严予慈点了点头。姚念菲正从洗手间走出来,看到这一幕,先是愣了愣,然后走上前去挽住严予慈的胳膊。"我很喜欢这里,我看你们跟不同的人聊天,你们是公司来面试的吗,还是?"严予慈看向了姚念菲,姚念菲说道:"我们是来给一位前辈帮忙的,她今天有些小任务。"说完,晃了晃手中的笔记本,"来当速记员。""我猜,你们是记者吧?正好,我有个朋友的孩子想去报社工作,要不,我加你们一个微信吧?"女生拿起了桌上的手机。"我们不是报社的,美女姐姐你找错人了。还有,刚才真是不好意思啊。"严予慈拉起姚念菲就往屋外走,"欸,两位美女,好不容易我们有这个机会见面,我也喜欢这家咖啡馆,加个微信以后也可以约聊天啊。"严予慈停下了脚步,"打工人,没时间,地铁要误点了。"

两人掐准了在高峰前一定要坐上地铁,果不其然,地铁上的人是不太多的,还能够找到座位。"小慈,那个人是怎么回事?"严予慈一脸严肃地对姚念菲说道:"间谍,女特务。"姚念菲看着严予慈那张一本正经的脸不禁笑了起来。"你笑什么?你反应比我快多了。""确实,很不正常,监视了我们一下午了。"姚念菲伸手握住了严予慈的手,两人相视一笑,今天都有些疲了,脑子里面好像住了个菜市场一样,乱乱糟糟的,之后便不再说话了。这样安静地坐过了几站,姚念菲说道:"小慈,尹姐根本不是来找人的。"严予慈带着疑问的眼神看向了姚念菲,"你想想,她发帖、求助,现在又是写故事,压根儿就是在博眼球,这样一下来,她的账号也就蹭蹭涨了不少粉。"严予慈一言不发,把背包往自己的胸前挪了挪,歪头撇嘴想了想,然后说:"那还要发吗?"严予慈没等姚念菲回答,就自问自答,"当然要发,就权当给你练练手呗,蹭热度也没什么不好。若说涨粉,你的账号才是最大的受益者。"姚念菲对严予慈说道:"你发吧,你是粉丝协会的人物,比我更合适。"严予慈摇摇头,"我不发,我以后是金融圈的,你想往媒体发展,你发比较合适。"严予慈见姚念菲没有说话,看了她一眼,伸手捏了捏她的腮帮子,鼓励道:"我打算就做默默无闻的幕后会长,支持你。"姚念菲有些不知所措了,她总是对自己的所作所为有所怀疑,怀疑这怀疑那,怀疑自己是不是做错了什么,比如说昨天,是不是错过了丁默的电话。

姚念菲又看了一眼手机,还是没有丁默的消息,就现在通信的发达程度而言,想随时随地联系个认识的人,还是异常便捷的，而奇怪的是，消失似乎也变得容易了很多，完全不需要提前做任何铺垫。这个场景总有一种似曾相识的感觉，就好像当时她等待徐衍的短信那样。在地铁摇晃的车厢里，她想起了和丁默尴尬的相识过程，如果换作是别人，是不是就会变成另一种情形了。

8月，姚念菲提着行李去江州大学报到，整理好宿舍后，她去学校超市买了两个大热水瓶。她晃晃悠悠地从水房提了热水出来，哼着小曲儿，一副怡然自得的样子，但是，正当她经过宿舍楼大门时，她的一个水壶爆炸了，木塞子弹到了正站在大门口的丁默的腿上，满地的水壶玻璃碴子。姚念菲微张着嘴，呆呆地看着那个高高壮壮的男生，低头小声说了句对不起。丁默倒是很快反应过来了，他立刻上前查看姚念菲有没有受伤。姚念菲想到这里，不禁笑了起来。

严予慈用见鬼了一样的表情看着姚念菲，然后用胳膊肘轻轻碰了碰她。姚念菲这才看向严予慈，严予慈没有出声，用嘴唇的形状发出了一句话："你在干吗？"姚念菲眼睛向下看了看，眼珠子转动了一两圈，然后说道："我在想今晚写的东西，已经构思好了。""让我先睹为快？"姚念菲拿出手机，快速地在手机记事本上打出了内容。

这个夏天

就这样过去了

没去看什么海

没去踩什么沙

没去闻什么花

经过几场雨

夏天，也就悄悄过去了

不知秋天会怎样

看看蓝天

踩踩落叶

闻闻花香

再经过几场雨

冷冷热热

大半年的光景

也不过如此

严予慈把手机还给姚念菲，她的喉咙微微动了下，但还是没有说什么。严予慈还是了解她这个舍友的，表面上云淡风轻，实则好多事情都闷在心里不说。她抿嘴想了想，掏出手机，给丁默发了一条短信：你死了吗？怎么不回话。然后把手机放回口袋里，又堆起来笑脸，凑到姚念菲的面前，用食指在她的脸上点了一点，说："你写得真好，不愧是我们宿舍的菲菲宝贝。"严予慈看姚念菲没有接话，转而说道，"你说，我们能找到棉宝吗?"姚念菲摇了摇头，说了一个字"悬"。但严予慈显然是不会买账的，她自我鼓励道："一定会有巧合的。""巧合"这两个字，在姚念菲心里蹦跶了好几下。巧合，这么有趣味的一个词，是恐怖故事还是轻松喜剧，这个词都要负全部责任。

前篇：玫瑰花下

这些天，姚念菲实在是太幸福了，她一个人的时候，无缘无故就会笑起来，美妙的爱情让她有些神魂颠倒，还有些时不时的不知所措，而这些都源自那一次误拨的巧合。她满脑子都是徐衍，徐衍给她买的棉花糖，带她去坐的摩天轮，去吃的路边摊儿，去听的露天音乐会。

这是她第一次离徐衍的生活那么近，徐衍给她整理出的房间仿佛为她量身定制，完完全全是小女生喜欢的样子。纯白色的家具，粉色的床单，还有那随着微风轻轻飘动的雪纱帘，阳光透过白色帘子照到飘窗边的小梳妆台上，让姚念菲经常有种想照镜子的冲动，原来她也是极好看的。姚念菲本想带几样自己的化妆品来放到桌上，但一想到这可能是一种宣示主权的行径，心里不免有些不好意思。

徐衍书房里的书她略微扫视过几遍了，但都是翻了几页就不想看了。但作为学生不看书总是有点说不过去，于是她装模作样地在书房里看了会儿书，眼睛却是没有聚焦在书上，她瞥见书柜最下层一个开了一条小缝的抽屉，姚念菲忽地就强迫症上头，她迅速站起，想去合上那个抽屉。但当姚念菲的手触摸到抽屉时，她犹豫了，她的心里有千万只蚂蚁在行走，不断地呼啸着让她打开那个抽屉一看究竟。姚念菲停顿了有几秒钟的时间，抽屉被她轻轻地关上了。这是徐衍的家，她只是一个客人，她应该对徐衍有所尊重的，偷翻人家的抽屉总是一件不太好的事情。正当姚念菲打算站起来的时候，一阵风把桌上的一叠纸吹得哗哗作响，咕噜噜，一个白色的东西滚到了姚念菲的跟前。是一支润唇膏，姚念菲打开闻了闻，是奶油草莓味的，甜糯糯的。又是一阵风透过窗户吹来，那甜糯的气息被催赶着往姚念菲的鼻子里钻，这味道闻着居然激发起了姚念菲的食欲，她抬头看了看墙上的钟，已经到了饭点了。姚念菲站了起来，把这支唇膏随手放进了书桌上的笔筒里。

蹲久了，起身时的姚念菲不免有些小小的发晕。她打开了冰箱，这真是把姚念菲难倒了，每次她来看徐衍，不是吃青菜鸡蛋面就是点外卖，要么就是煮速冻饺子。她忽然有些想念食堂的饭菜了，难不成刚从学校出来就又要坐了地铁去学校食堂？早知道吃完午饭再过来的。姚念菲打算下几个速冻饺子凑合一顿，但晚饭还是要认真打算的，不能每次都拖延到徐衍回家才开始计划晚饭的内容，姚念菲吃完最后一个饺子后，她把手机里的点餐软件删了，暗下决心从今天的晚饭开始要学习做饭。

姚念菲的第一顿饭烧得那是不能细看，也根本不能吃。下午，她在网上搜索了菜谱，她惊讶地发现家里的调味料一应俱全，这是她完全没有想到的，她忽然觉得自己其实并不需要准备很多东西，只需要买一些菜就行了。她去了楼下的超市，但当她面对货架上满满的菜的时候，完全失了方寸。她不知道应该选择哪一颗，也不知道应该购买的数量，她想自己只是买对了种类吧。

围着围裙的姚念菲正走向大门给徐衍开门。"宝宝，你今天做饭了？"徐衍抱起了姚念菲，在她的面颊上亲了亲。姚念菲闻到了淡淡的薄荷烟草味，她回想起了今天中午闻到的奶油草莓的香味，她想确认一下，于是她在徐衍薄薄的嘴唇上回了一个浅浅的吻，还是淡淡的薄荷烟草味。她的小手挂住了徐衍的脖子，尴尬地笑着说："对啊，也不知道好不好吃。"半小时后，坐在徐衍对面的姚念菲确实领教了自己的厨艺，醋熘白菜完全没有入味，因为没有切成小块，水放得太多了，盐太少了，醋味更是不知去向，完完全全成了白水煮白菜。牛排煎得太老了，需要通过撕咬才能解决。番茄炒蛋的鸡蛋完全炒焦了。泡菜汤勉强能喝，但是姚念菲看到徐衍并没有喝，她这时才想起，徐衍好像不喜欢吃腌制的食物。于是餐桌上只剩下蟹肉黄瓜生菜沙拉是唯一能吃的菜，但是姚念菲吃后只觉有些胃寒。"菲菲，你慢慢吃，吃完我来收拾。"姚念菲默默地吃完属于她的那一份，然后默默地把碗筷收了。她不好意思去叫书房里的徐衍，而剩下的那些菜，都被姚念菲倒进了垃圾桶，这个美好的夜晚也就这样被姚念菲倒进了垃圾桶。

此时的姚念菲默默刷着碗，她后悔为什么自己从来没有试着学过基本的生活技能。

想想自己做饭那笨手笨脚的样子，姚念菲不禁笑了起来。

"姚念菲，还没到万物复苏的季节，你脸红什么？傻笑什么？"严予慈用手指轻轻点了点姚念菲的脑袋。"她是看着我才笑的。"丁默迅速接过严予慈的话。"丁默，你够了，你长什么样你不知道吗？"严予慈狠狠地怼了怼丁默。"从小到大的校草，不需要你提醒我的优秀。"丁默说着，捋了捋额前的头发。

姚念菲急匆匆地啃完了最后一口手抓饼,说道:"我走了。"严予慈疑惑地问道:"你去哪里?""我去见朋友。""你什么时候交了什么朋友,我怎么不知道,姚念菲,你回来!你……"姚念菲没有搭理严予慈,很快就端了盘子跑开了。丁默清了清嗓子,说道:"严予慈,姚念菲交男朋友了?""没有啊。""她最近在宿舍吗?""告诉你有好处吗?"丁默小声对严予慈说道:"你帮我盯着点啊。"严予慈往后靠了靠,然后给了丁默一个白眼,"丁默,你有点出息,你直接表白啊。为什么要我帮你盯啊。"丁默做出了恳求的手势,说道:"是哥们儿吗,别那么多废话。"

姚念菲坐地铁来到了徐衍的办公室,徐衍的秘书橙子姐看到姚念菲的到来有一秒的惊讶,然后瞬间恢复了职业性的微笑。姚念菲只觉橙子姐今天的脸色不太好,她问道:"姐,你怎么了?不舒服啊?"橙子姐立刻摇了摇头,"菲菲,徐总知道你来吗?"姚念菲点了点头,忽然只觉肩膀上很重的力量压了下来,都快要喘不过气了。

姚念菲往左上方一看,看到了冯宇诚棱角分明的下颌骨。"你干吗?"姚念菲想要挣脱钩着她的冯宇诚,但似乎徒劳无功。冯宇诚问道："你来这干吗？"姚念菲说："明知故问。"冯宇诚撇了撇头，更用力地钩住了姚念菲，用暧昧的语气在她耳边温柔地说道："有空叫上丁默，我们一起吃饭。"姚念菲结结巴巴地说道："什么我们，谁跟你成我们了。请，请客找徐衍，让他请。"姚念菲正狠狠地用上牙咬着下嘴唇，忽然她只觉肩头一松，冯宇诚已经放开了她，她使劲喘了一口气，冯宇诚整了整衣服道："我请客，徐衍他太忙了，这是我们科研狗之间的聚会。秘密。"随即做出了嘘声的手势，姚念菲用疑问的眼神看向他，"不叫上徐衍不好吧，他现在是我……"冯宇诚打断了姚念菲的话，他一只手握着姚念菲的肩膀，用力地按了按，然后死死盯着姚念菲说道："菲菲，徐衍认识你多久，我就认识你多久，我也认识徐衍多久。"

"老冯，干吗呢？"徐衍的声音忽然响起，冯宇诚松开了那只手，然后迅速地转身走向电梯，"我走了，你们聊。"冯宇诚按下了电梯的下行按钮，他死死盯着那扇关着的电梯门，锃亮锃亮的。就在刚才，这面镜子照出了两张好看的正脸，那是并肩而立的徐衍和于慕岚，也照出了姚念菲和冯宇诚的背影。冯宇诚走进了电梯，打了个响指的同时对姚念菲眨了眨眼睛，姚念菲只觉自己的魂就快要跟着飞进电梯了。

"菲菲，一会儿陪我去个地方。"仍旧望着电梯的姚念菲点了两下头，丝毫没有灵魂。"嗯，好啊。"姚念菲跟着徐衍到了他的办公室，她踮起脚向徐衍索要一个亲亲，徐衍在姚念菲的额头上轻轻地碰了一下，说道："我先忙一会儿。你随便坐，想吃什么喝什么别客气，让橙子姐去买。"姚念菲是个不把自己当外人的人，但今天，她觉得气氛异样。她刚想坐在沙发上，又突然站了起来，然后说道："楼下的衣服店不错，我想去看看。"徐衍好像如释重负一样，说："去吧。"

待姚念菲离开后，徐衍松开了刚才的笑脸，他抽出了一张纸巾，颤抖的手出卖了他若无其事的表情，他擦了擦额头上细微的汗水，喝了口水，约莫十几分钟后，他打开电脑，登陆了微博。鼠标好像有些不听使唤，他前后左右地动了动鼠标，终于能够自如移动了。

　　私信　来自断联的风筝：在吗？
　　私信　来自棉花猪蹄煲：在啊，怎么了？

徐衍有些开心，今天，棉宝居然这么快就回复了。

私信　来自断联的风筝：选择题做完了，可以回头检查吗？

　　私信　来自棉花猪蹄煲：每次都检查，回头就成了习惯。

　　私信　来自断联的风筝：就检查这最后一次。

　　私信　来自棉花猪蹄煲：已经丢下车的东西，若要再捡起，沿路经过的每个人都要付出代价。

　　冯宇诚的声音又响起了："徐衍，这个项目我帮你，但你自己的事情处理好了。""徐衍，这么多年的友谊不容易，一旦散了就再也聚不起来了。你想清楚了。""老徐，你根本控制不了她。""老徐，同学一场，别把我们的关系全毁了。"他拍了拍自己的脑袋，然后逼迫自己合上了笔记本电脑，给姚念菲打去了电话，"菲菲，衣服看好了吗？我来找你。"

　　姚念菲在一楼大厅找了张椅子坐下，她也没去看衣服，她今天觉得怪怪的，浑身好像有个小虫子在爬，额头热热的，脸烫烫的。而且，她好像闻到了一股熟悉的味道，是奶油草莓的味道，淡淡地飘在空气中，飘在电梯里，飘在整栋楼里。徐衍朝姚念菲走了过去并说道:"走吧,陪我去买家具。"姚念菲有些诧异,"买家具?"徐衍解释道:"嗯,公司买了套房子,准备给引进的人才用,买点家具去。"姚念菲小声地嘀咕道:"这种事儿,还需要总经理亲自做啊?"

听到这句话,徐衍的心情又陷入了极度复杂中,今天早上的场景又一幕幕地在他眼前回放了起来。

早上8点上班的时候,于慕岚准时出现在了他办公室门外。开口第一句就是:"徐衍,我们现在是朋友了。不介意吧。"徐衍被于慕岚的突然出现惊到了,他带着些不可思议的语调说道:"你还在江州?"于慕岚把包放在了徐衍的办公桌上,跷起了二郎腿,认真地说道:"我找到了新的工作,我跟我们乐队的指挥一起跳槽到了江州管弦乐队。"徐衍抬头看了看于慕岚,不知该如何接下去说,他拿起了内线电话,"橙子,两杯咖啡。一杯加奶,不加糖。"

于慕岚双手撑在桌上,往前靠了靠,带着微笑说:"徐衍,你还是记得我的。你别有压力,我只是刚来江州,不认识谁,想请你帮个忙。""什么忙?说吧。"于慕岚捋了捋头发,流苏状的耳环毫无规律地晃动了起来,那长长的流苏几乎快要垂到了肩膀上。"我自己已经找好了房子,还差家具,你知道哪家店比较好吗?"徐衍一只手放在电脑键盘上，一只手摸着下巴，说道："我告诉你地址，你自己去吧。"说完，撕下了桌上的一张便利贴写了起来。于慕岚的表情忽然有些不好意思，她转动着右手食指上的戒指，轻声细语地说道："我下周就搬来了，但我想回聊城先打包一些东西，再办些手续。"她没有继续说下去，她在观察徐衍的反应，她知道，徐衍在有些方面还是非常善解人意的。

徐衍看着对面坐着的于慕岚，又把头低下看看手机，说道："你想让我帮你去买。"听到这句话后，于慕岚带上了她标志性的甜美笑容，然后从手提包里拿出一张卡，推到了徐衍的面前："这是卡，密码你知道。"徐衍深吸了一口气，把卡推到了于慕岚面前，"不用了，我买就是了。"于慕岚也毫不客气地把卡收进了包里，然后说："谢谢你，徐衍。有空去我那儿吃饭，我做饭给你吃。"徐衍立刻回绝了于慕岚的邀请，于慕岚用略带笑意的语气说："你想多了，就算是刚认识的朋友，为了表示感谢，也会请吃饭的。"

"徐衍，徐衍，徐衍。"徐衍突然被姚念菲的声音惊到了。"你要买什么风格的？"姚念菲问道。"白色的那个系列吧。"姚念菲若有所思地说道："你审美还真是一致，这不就跟家里房间的差不多吗，不太好吧，人才公寓的话，有点浮夸。"徐衍说道："没事，就要这种。"姚念菲冷眼看了看徐衍，耸了耸肩。当然，之后的半个小时，她算是刷新了对徐衍的认识。今天之前，姚念菲觉得徐衍是个细心妥帖的人，而今天，徐衍用了半个小时，在走进的第一家家具店就把所有东西都买了，难道东西不是自己用的就这么不精挑细选吗，还是说，徐衍根本就是有别的心事。姚念菲晃了晃脑袋，希望自己不要胡思乱想。

走出家具店大门后，徐衍心情大好，他对姚念菲说："晚上去吃烤串吗？叫上老冯他们？"

姚念菲吃得很满意，白天的疑虑都已经烟消云散了，女生就爱多想，至于老冯，老冯现在已经是科研怪咖了，不能细想。他的脑袋里面，谁知道装了什么。姚念菲舒服地躺在了副驾上，她打开手机，准备看看玩玩，徐衍正在缴费，这二维码不知怎么了，刷不着，徐衍只能下车去缴费。突然，车载电话响了。姚念菲喊道："徐衍，接电话。"

徐衍站在车外，看了一眼手机，飞快地按了挂断，他坐回了车里，正准备开车，手机突然又响了，徐衍关掉了手机，重重地放在了右手边的杂物盒里。瞬间，停在坡道上的车里一片寂静，姚念菲不敢出声，也不敢看徐衍，但她分明听到了徐衍的心跳声。

徐衍换到了前进挡，踩下油门，车子剧烈地抖动起来，姚念菲惊恐地看向了徐衍，齿轮空转的声音响彻了周围。姚念菲心跳加速，她想下车，想拉开车门，气氛诡异到了极点。徐衍低头按下手刹键，猛踩了一脚油门，姚念菲感到了巨大的推背力，喉咙越来越干涩。车子驶离了坡道，城市寂然无声，几盏因坏掉而没有亮的路灯让这条路的尽头呈现出了完全的黑暗。姚念菲只觉眼前的一切都变成了一条条细细密密的线，车窗漏了一条小缝，在这个闷热的夏日夜晚，居然吹进了呼啸的风，她按了按右手边的按钮，车内更加安静了。

"徐衍，谁的电话啊。"姚念菲低声问道。徐衍看着姚念菲，"哦，广告，一直给我打，烦死了。"姚念菲看向了徐衍，发现他正在盯着自己看，她伸手指了指前面，说道："徐衍，你别一直看我啊，你看前面。"徐衍瞬间转头看向了前方。他闯了一个红灯，姚念菲下意识地伸手拉紧了安全带。

她害怕极了，胸口一阵阵地起伏着，她闭上了双眼。车里很闷，她忘了有没有开空调，太阳穴一阵抽搐，她徘徊在了晕车的边缘。一个刹车，学校到了，她猛地被安全带拉回了座位上，后背的衣服已经完全贴在皮肤上了，黏黏糊糊的难受极了。她感觉自己几乎是滚下车的，姚念菲草草地对着车里的人说了声"再见",也没听见车里的人说了什么,就急匆匆地关上了门,走向了学校的方向。她只听见一声尖锐的转弯声和保安大叔的一句:"练赛车呢?"

姚念菲走到了图书馆门前,老地方,她要坐下来休息一下,她有点晕车,心跳150。不行,此时此刻的姚念菲根本坐不住,她开始绕着图书馆走,从前面的台阶到后面的小竹林,一圈一圈麻木地走着,她没有出汗,只是手脚冰凉地一圈一圈地走着。

不知走了多久,姚念菲终于平复了心情,后背的衣服也在体温和风的作用下烘干了,她微微地打了个寒战。回到图书馆前,她没有走到那个最高的台阶坐下,而是选择了最低矮的那一级台阶。姚念菲,她哭了,不知为何,在这个夜晚,她披散着长头发,好像一个疯女人一样。还好,她的情绪没有崩溃,只是两滴眼泪。老冯的话突然在她的耳边响起:"徐衍,他喜欢……"姚念菲看向了天空,今夜有星星,周围有栀子花的香味,这是个美丽的夜晚,而她,是这个美妙夜晚的不速之客。

徐衍停好车以后,并没有上楼,他蹲坐在公寓楼前的台阶上,和姚念菲一样,第一级台阶上。这时候他不需要配上烟或是酒，只是想透口气，他没问题的，什么都没有发生，他打开了微博，那个一直陪伴他的账号。

　　棉花猪蹄煲：#棉宝晚安#秘密能够栖息的地方只有梦境，而梦境却不知何时到来，不期而遇的梦境让人惶惶不能终日，我们永远不能预约梦境。唯一能够做的就是醒来。今夜，栀子花很香，只是我们不再年少。

徐衍需要聊个天，聊一聊，一切都会迎刃而解的。

　　私信　来自断联的风筝：棉宝，你能帮我吗？

博主似乎是如约而至，回复得很快，这一点是徐衍没有想到的。

　　私信　来自棉花猪蹄煲：可以啊。
　　私信　来自断联的风筝：今天一位老朋友来向我求助，我答应帮她了，但我为什么会心虚。
　　私信　来自棉花猪蹄煲：那要看什么忙了。

私信　来自断联的风筝：一个朋友从外地来，找我帮忙。

私信　来自棉花猪蹄煲：帮她找工作？租房子？请客吃饭？

私信　来自断联的风筝：这些她都自己做了，我帮她买些家具。

私信　来自棉花猪蹄煲：帮朋友是应该的，人之常情。

私信　来自断联的风筝：可我，我不敢告诉我正在交往的对象。

"买家具"，拿着手机的姚念菲突然从台阶上站了起来，今天所度过的每一刻都从她的眼前一一掠过。她的手有些颤抖，"徐衍"，她嘴唇轻轻地说出了这个名字。姚念菲看着那个私信账号，她要不要点开呢？棉花猪蹄煲，这个姚念菲偷偷经营了6年的微博大V号，粉丝500万人，居然，在这些给她的私信中，在她回复的百条私信中，有一个可能是徐衍，她根本不记得之前说了什么，这好像是她的日常工作，和每天的刷牙洗脸一样，她并没有在意。

要不要点开那个微博呢？姚念菲把手机屏按黑了，她在夜幕中坐了不知道有多久，直觉告诉她，徐衍，就是这个号的主人。也可能只是错觉，这座城市每天都发生着很多相似的事情。但姚念菲还是点开了那个账号。

只有一条微博：

> 断联的风筝：对于努力的人，生活不会亏待，虽然不是每次都能一帆风顺，但最后，总会峰回路转。
> 谢谢你，我最爱的棉宝@棉花猪蹄煲
> 配图一张夜景。
> （定位：江州中心Y酒店）

这该死的巧合，就这样毫无征兆地发生了。她把头埋进了腿里，在地心引力的作用下，刚才存蓄的几滴眼泪飞快地流向了地面。

她就这样蜷缩着，来势汹汹的疑问感淹没了她的所有思绪。片刻后，她感觉有人在拍她的背，但她不想抬头。"菲菲，你怎么又不回宿舍？"姚念菲抬起头，她那几滴精贵的眼泪换来了严予慈和丁默惊讶万分的表情，她该如何应对。"不会吧，你怎么了？"丁默拿着三根冰棍，蹲了下来。姚念菲结结巴巴地说道："我，我胃疼。"严予慈在旁边搂住了她说:"疼到哭了?妈呀,姚念菲,你知不知道现在几点了,给你打电话也不接,我急死了。我就拉上丁默来找你,我就知道你在这儿。"姚念菲虚弱地问道:"你拉上丁默干吗呀。""万一你被绑了,丁默可以上啊。"严予慈看了一眼丁默,"这个蠢的,他说你肯定在这儿,还买了吃的,现在你胃疼,他自己吃掉吧。"说完,拉上姚念菲就往宿舍方向走去。丁默看着两人的背影摇了摇头,自言自语道:"胃疼?怕别是心疼。"说完,啃了一大口冰棍。

姚念菲晚上醒了好几次,每次都忍不住打开手机,在被窝里翻阅着那一行行私信。如果那个账号真的是徐衍,那么她只不过是徐衍权衡利弊后的选择,而她以为,她是徐衍年少时可以回味的蜜糖。姚念菲觉得自己也不应该多想,她不断地安慰自己,如果没有这个账号,那么她根本不知道发生了什么,所谓眼不见为净,一切都只是一个意外的巧合而已。手机上有无数条信息,都是徐衍发来的,她现在不想理会这些无聊又没有意义的文字。

姚念菲几乎在床上躺了一天,严予慈有些担心她,关心地问道:"菲菲,你的胃没事儿吧,以前从来都没有过。"姚念菲向她摆了摆手。隔了十分钟,严予慈又跑到了她的床边,"菲菲,我给丁默打了电话,我们送你去医院吧。"

"没事儿,我不疼了,只是想躺一会儿。"严予慈有些犹豫,但也只能答应了她。

晚上,一整天脚没沾地的姚念菲终于下床了,她思考了一天,给了徐衍一个很差的回复。"抱歉,手机忘充电了,一直没开。"徐衍打来了电话,问道:"菲菲,一起吃晚饭吗?"姚念菲有气无力地回答道:"不了徐衍,我今晚有事儿,改天吧。"

姚念菲有些矛盾,她不想面对徐衍,但又有些想见他。那个账号真的是他吗?要不要跟严予慈商量一下?如果告诉严予慈来龙去脉,她的秘密就暴露了,严予慈本就是粉丝协会的副会长,她应该会高兴疯了的。但姚念菲又转念一想,觉得很是不妥,现在说了,那之前两年就变成了赤裸裸的隐瞒。严予慈能够理解吗?她突然没了把握。

再一想到那个名为"断联的风筝"的账号,如果真的是徐衍,在以后的日子里,她应该如何面对他。姚念菲有些受不了自己的胡思乱想了,她掐了掐自己的大鱼际,希望可以冷静下来。

三天,姚念菲给自己设定了三天的期限,三天后再联系徐衍,她需要冷静一下。

此时，徐衍心情差到了极点，在忙碌了一天以后，放松下来的他没有等到姚念菲的问候，他看了看手机，杳无音信的同时也算是风平浪静。他承认他是微有些失望的，他也承认他还是想看到姚念菲贴着他的脸说想他的场景，她细细的脖子上散发出的淡淡的青苹果香味，让徐衍的耳朵有些微微发烫，但只是这失望居然品着也有些寡淡。他想去喝点小酒，既然姚念菲不知所终，那只能叫上了老冯和沈少。

"了不得了不得，回国后都很少喝啊。我以为你改邪归正了呢。"沈青颜说道。冯宇诚接话道："以前留学那会儿，确实经常喝，现在想来，也不记得那酒的味道了。""以前那是喝得高兴，喝的是青春，是时间。"徐衍晃了晃酒杯，一口喝了下去。"酸腐，徐衍。"沈青颜一边摇头说道，还不时回头看看坐在角落里的几位美女，投射出几道带着磁场的光电。

"今天呢？"冯宇诚问徐衍。"今天是愁。"沈青颜看了看徐衍，不可置信地摇了摇头，然后把手臂搭在了徐衍的肩膀上，徐衍又一口干了杯子里的酒，示意老板酒杯空了。"回去吧。"冯宇诚站起来，放下了徐衍手里的酒杯。"老冯，你干吗呢？那么多妹子。"沈青颜有些鄙夷地对冯宇诚说。"你想喝,你自己喝。"冯宇诚的口气显然有些强硬。"可,徐衍说请客的。"沈青颜指了指徐衍的头。冯宇诚拍下了一张银行卡,"我请了,你玩吧,我送他回家。""欸,丢下我了?不行不行,一起走,一起走。说好的铁三角。"沈青颜恋恋不舍地环顾了一下四周,叹了口气,追上了两人。

出门后,冯宇诚和沈青颜打车把徐衍送回家,沈公子看见街边的炒面不错,就停下来买炒面,冯宇诚和徐衍先行上楼。冯宇诚看着神情有些颓唐的徐衍,认真地说道:"徐衍,你快点想清楚,如果没有把握,不要招惹姚念菲,她是老朋友,老同学了,我真的不想我们散了。""怎么会散了呢?"徐衍抬眼问道。冯宇诚认真地说道:"徐衍,如果你们有什么,后来又没有了什么,那我们一定就散了。"

徐衍把自己重重地摔在了沙发前的地板上,冯宇诚给他拿了一瓶水,徐衍接过,打开了盖子。"老冯,我会做决定的。""你已经做了一次,但看来效果不太好。往后只能是重复,你懂吗?"徐衍有些懊恼,他的眼神有些犹豫,胆怯,愤懑,"别犹豫了,快休息吧。我和沈走了。"沈青颜刚拿着热乎乎的炒面上楼,"欸,不一起吃吗?""去我那。"可怜的沈青颜,脚还没踩进门,就被冯宇诚一把拽进了电梯里。

又只剩徐衍一个人了，在这个空荡荡的公寓里，他又只能自己琢磨自己了，无助感忽然又涌上了心头，姚念菲为什么不给他打电话，她一点都不关心他，她在干什么，和谁一起出去玩儿了？他走到了书房，拉开了书柜最下面一层的抽屉，里面整整齐齐放着于慕岚做的相册，那里是他们7年的回忆，但现在这些照片只是没有用的废纸，他们再也回不去了。徐衍去厨房拿了一个垃圾袋，他打算把这些相册处理掉。

这时，徐衍的手机收到一条短信。

"徐衍，明天我就搬过来了，新的城市，新的生活，日后，还请你多帮忙。"

于慕岚确实失控了，那个在徐衍心中完美无缺的于慕岚确实超出了他的预期。为什么他要和于慕岚分手，又为什么要和姚念菲在一起。对于理由，徐衍是有些隐隐约约心知肚明的，但只是隐隐约约，徐衍一遍又一遍地告诉自己，他和于慕岚是不可能回到从前了，从前对于他们来说都太过遥远，徐衍又打开了那个他关注的微博账号。

　　棉花猪蹄煲：#棉宝晚安#夏日的晚霞是最美丽

的，每一朵云都被镀上了一层金色的边框，但当夜幕降临，我们就瞬间忘记了这恢宏的场景，我们躲进自己小小的世界里，被城市的灯光包围，在小世界里，品味自己的人生，晚安。

徐衍想了想，在手机屏幕上轻轻地点下了一行字。

　　断联的风筝：屋外灯火通明，屋内寂静漆黑，想你。@棉花猪蹄煲

而此时此刻的姚念菲正抱着电脑蹲在床铺上，目不转睛地看着这个账号。当看到这条微博的时候，她心里咯噔了一下，随即一抹微笑掠过她的嘴角但又转瞬即逝。姚念菲承认，她还是心存一丝侥幸的，从这条微博内容看来，这个账号不是徐衍的，只是一个普通的粉丝。因为沉稳干练的徐衍是不会发这样的内容的，也不会关注这样的博主。

姚念菲迫切地希望这个账号联系她，只有这样才能真正解答她的疑惑，打消心中的疑虑。

　　私信　来自断联的风筝：棉宝，我又有问题了。

私信　来自棉花猪蹄煲：什么问题呢。

姚念菲的手心都出汗了,她好像在做什么见不得人的事情一样。

　　私信　来自断联的风筝：其实也没什么,就是我不知该如何选择。
　　私信　来自棉花猪蹄煲：为什么不做被选择的人?
　　私信　来自断联的风筝：时间,我可能需要一点时间,时间会帮我选择的,谢谢。

徐衍放下了手机,选择权交在别人手中时,自己反而能活得轻松一些,现在或许还不是当机立断的时候。姚念菲合上了电脑,今晚她有些精疲力竭了,她没有心情回复其他的私信了。

姚念菲一直睁着眼睛到天亮,她打算去徐衍家一探究竟,她觉得心中还是有疑惑,先撇开那个账号不说,徐衍总是让她觉得有些反常。姚念菲有一个大胆,但是让她不齿的想法。

10点，姚念菲站在了徐衍家门口。她的双手有些颤抖，她长这么大，从来都没做过什么坏事，今天的这个举动，的的确确有点违背她的想法。但转念一想，徐衍把密码告诉她就是允许她自由出入这间房子的。正当她伸手按密码的时候，她稍稍犹豫了一下。她觉得她闻到了奶油草莓的香味，从门缝的下面缓缓飘出，走廊上也有稍许这种味道。她拿出手机，拨打了徐衍家的固定电话，如果有人接电话，那么徐衍就在家，她胡乱编个理由搪塞过去就行，如果不在家，那么她就要施行她那个不光彩，但却忍不住想做的事情。

姚念菲按下密码的时候还是有些小小激动的，130297，嘴里小声嘀咕着。姚念菲还是花了一些时间记这个密码的。徐衍的家还是老样子，没有什么变化，姚念菲先在各处房间走了一下确定没有人之后开始了自己的行动。

她的记性是极好的，她记得茶几底下掉了一片面膜，她在茶几底下摸摸索索，终于摸到了那片被踢到底下的面膜。她拿了出来，是一片美白面膜，还是国际大牌，价格不菲。姚念菲把面膜又扔回了茶几底下，坐在沙发上摸了摸自己的脉搏，脉搏是跳动得有些厉害。她跑到阳台上往下望了望，楼底下空无一人，室外阳光明媚，今天应该是个美好的日子。

她走到了徐衍的房间,在房门口徘徊了一下,最终还是离开了。姚念菲想过了,掀开面纱前是最美好的时候,她不应该轻易放掉。

晚上,回到宿舍的姚念菲感觉她的双腿已经拖不动那沉重的躯壳了。她什么都没有看见,但又好像什么都看见了。她丰富的想象力已经不允许她做出其他的判断。她和严予慈打了个招呼就瘫坐在了椅子上。严予慈突然凑到她耳边道:"菲菲,晚上去唱歌吗?"姚念菲看向了窗外,哗啦啦地正下着雨,"下这么大雨唱什么歌啊?""今天是王梓奇生日,我叫上了吴雯靖,还有丁默,还有王梓奇宿舍的那个技术咖,一起吧。"姚念菲好像突然醒悟了一样,从椅子上站了起来,道:"那必须去,必须去。"

姚念菲在这个雨夜用歌声大声地宣泄着自己的情绪。而徐衍呢,他想起了姚念菲,他和姚念菲重逢在一个大雨倾盆的日子,在同样的日子里,他还是有勇气冒着大雨去见一见姚念菲的,今天也是一样的,他也愿意冒着大雨去见一见姚念菲。但姚念菲想不想见他呢,现在他突然没了把握。

自从那次分别后,姚念菲就好像失踪了一样,虽然不过两天的时间,徐衍已然有些气恼。屋外的大雨打在窗户上,他看见了自己在窗户里的剪影,他甚至略微转过头去,注意到了自己长长的睫毛,而这样的睫毛是于慕岚也有的。

10点钟,徐衍打开了电脑,为自己泡了一杯热茶。在这个雨夜,他想坐下来,和那个微博账号聊个天儿。10:30,是这个账号准时发微博的时间。

> 棉花猪蹄煲:#棉宝晚安#大雨中我们肆意地呼喊,雨声淹没了我们的嗓音,但那些呼喊都重重地落在我们的心上,一下一下,清晰可辨。晚安,这大自然独特的催眠曲。

徐衍正想给棉宝留言,突然,电话响了。

是她。

要不要接呢,在这个时间,算了,接吧,毕竟也是朋友。"喂。"电话那头传来了一个轻松的声音:"徐衍,能不能帮帮我,我刚到江州,雨太大了,我又带了很多行李。"

"你为什么坐这么晚的车?"徐衍刚想开口问,就把这句话咽了回去,他不傻,他知道,于慕岚是想见他。于慕岚，这个每次出门都看天气预报的女人，绝对不是姚念菲那种随便选个日子的人，于慕岚是故意的。

于是，徐衍问道："你自己打车不行吗？"于慕岚带着些小哀怨的语气道："我怎么搬上楼啊。""电梯。""但我要把东西运到电梯里，还要放到家里，我一个人不行的。"徐衍想了想，然后说道："好吧，我叫上老冯，你等着。"

冯宇诚接到徐衍的电话后很是诧异，他望了望屋外的大雨，叹了口气。一番折腾后，徐衍和冯宇诚帮于慕岚搬完东西，于慕岚提出要点些外卖作宵夜，被徐衍拒绝了。而冯宇诚今天变成了一个闷葫芦，从头到尾都没有说过一句话，在电梯里，他终于开口了："徐衍，你想好了？"徐衍正在用纸巾擦额头上的汗，不解地问道："什么想好了？"冯宇诚噘了噘嘴，然后说道："你装吧，你说你半夜帮人搬家，你理直气壮？姚念菲呢？"徐衍放下了纸巾，拿在手里整理对折了一下，漫不经心地说道："她在学校啊。"

冯宇诚忽然面向徐衍，口气严肃地说道："徐衍，那如果是这样，我劝你一句，别再去见姚念菲了。"徐衍依旧折着那张快要烂掉的纸巾，低头说道："你想追她？""徐衍，你搞不定这个，火烧眉毛了。"冯宇诚向上指了指，"你会毁了姚念菲的。"徐衍默默地折着纸巾，走向了汽车，他又开始犹豫了。

姚念菲唱完第十首歌的时候,她发现没人给她鼓掌,大家都四仰八叉地睡着了。要不要给徐衍发微信呢?雨这么大,徐衍回家了吗?姚念菲打开手机,好几条微博留言,她开始一一回复。断联的风筝又给棉宝私信了,姚念菲脑子里轰的一声。

  私信 来自断联的风筝:一觉醒来本已经决定了,但刚才,又见到了她,我又犹豫了。
  私信 来自棉花猪蹄煲:你为什么去见她?
  私信 来自断联的风筝:她说她有困难,需要我帮忙。
  私信 来自棉花猪蹄煲:那你决定了吗?
  私信 来自断联的风筝:没有,还需要时间。
  私信 来自棉花猪蹄煲:需要多久?
  私信 来自断联的风筝:大概很久吧。

姚念菲脑子乱作一团,她该怎么办,她又抓起了话筒开始唱歌,不知唱了几首歌后,也倒在了沙发上。

徐衍合上电脑，棉宝没有再回复他。刚才于慕岚被雨水打湿的头发，一直在他心里滴滴答答地滴着水。姚念菲，她果然还是恣意洒脱的，他不找她，她就不找他，姚念菲已经不是当年那个直接对着他表白的姚念菲了。徐衍想要片刻的安慰和温暖，他打开了手机，给于慕岚发去了一条短信：都收拾好了吗？

"醒醒，菲菲，5点了。"姚念菲被严予慈叫醒了。"我的天哪，这群没用的东西，说是通宵的也是他们，睡着的也是他们。"严予慈气愤地说道。

姚念菲的脖子已经睡僵了，王梓奇倒在了丁默的腿上，吴雯靖一个人占了两个沙发，还在打着呼噜。再看看王梓奇的舍友，两条腿是粘在了沙发上，但身体已经躺倒在了地上。姚念菲觉得晕晕乎乎的，她的颈椎病怕是今天又要犯了，太阳穴一阵疼，她赶紧躺平，真担心自己一会儿怕是要吐了。

严予慈正在踢王梓奇，嘴里念道："起来起来！还以为自己是本科小鲜肉呢，熬不动了？大叔们，快点起来！"王梓奇睡得正香，又抱了抱丁默，还舔了舔嘴唇，严予慈看不下去了，伸手就去把丁默拉开，"你抱丁默干吗，丁默就那么香吗?"

丁默也醒了，他的手靠到了旁边的一个手摇铃上，哐当哐当几下，剩下两个人也哼哼唧唧地爬了起来。姚念菲努力睁开了眼睛，她要快点回宿舍躺下，她慢慢地坐了起来，只觉脖子上好像顶着个铁球，又重又晕。"赶紧的，还唱吗？丢人现眼的东西，不唱就走了。"严予慈收罗着掉在地上的袋子和包包。"严予慈，说得好像你自己没睡着一样。"丁默整理整理头发，又递了瓶水给姚念菲。

"喝水，睡得好吗？我们也算是共度一夜了。"丁默向姚念菲眨了眨眼睛。"流氓。"吴雯靖抓起一把爆米花就扔在了丁默脸上，经过一夜的焦糖变得更黏糊了，他抹了抹脸，"哎哟，吴大小姐，你们中文系的就是烈啊。""丁默，去刷卡，滚了。"严予慈命令道。"欸，好嘞，严大女王，我这就去了。"丁默拿起手机，推门走向了房间外。

回学校的路上，姚念菲一路都没有说话，她紧闭着双眼，一来是因为她现在头晕目眩，耳鸣想吐；二来是因为她还在惦记着那个微博账号。好不容易到了学校下了出租车，姚念菲只感觉天旋地转。

"小慈，我颈椎可能又不大好了。"姚念菲悄悄地在严予慈耳边说道。"是吗？那我拿自行车来推你回宿舍。"严予慈显然声音有些大。"怎么了，菲菲？"丁默问道。"对对，今天丁默在，丁默，姚念菲走不动了，她要我用自行车来推她。"严予慈对丁默说道。

"我背你。"还没等姚念菲回答，丁默已经拉起了她的一只手臂。"温柔点，老丁。"吴雯靖说道。严予慈抱着双臂，假装生气地说："都是你们！王梓奇，你过个生日，你唱什么歌，自己又不唱，我们菲菲，能睡沙发吗？""我也不知道啊。"王梓奇委屈巴巴地说道。"你这个回答，你得了，搭把手搭把手，这儿走到宿舍还要 20 分钟呢。"严予慈用手拱了拱王梓奇，让他走到丁默后面。"我背得动。"丁默恶狠狠地看向了严予慈。

姚念菲闻到了丁默的汗味，混合着衣服上肥皂水的味道，她现在紧闭着双眼，脑袋里却回响起老冯的话。"我认识丁默。"丁默，这个喜欢咧嘴大笑的人才是她生命中的阳光。要不就这样放弃徐衍吧，反正已经三天没有联系了，看来他也不是那么在乎自己，就这样放弃吧，徐衍这几年的生活已经离自己很远了，他没有理由选择自己，他们不是一个世界的人。至于那个账号，管它是谁的呢，做好自己的大 V 就行了。

姚念菲回到宿舍后，躺在了床上，她好多了，拨弄了一会儿手机，就昏睡了过去，颈椎病容易让人大脑缺血，嗜睡也是症状之一。"姚念菲的颈椎不好，你多盯着点，别老让她看电脑。"丁默提醒严予慈道。"丁默，你当我是她妈啊，你自己关心啊。"严予慈拍了拍丁默的肩膀说道。"我不好意思，我，我见到姚念菲就尿。"丁默抹了一把额头上的汗说道。

严予慈走近了丁默，小声地说道："丁默，你听着，菲菲是个内向的，你要么一直对她好，要么就离她远点。"丁默不假思索地回答道："两年了，我离不远。"说完，就离开了宿舍。

严予慈看着丁默，丁默的背影还是那个高大帅气的阳光男孩，他应该是姚念菲的一束光，今天也算是一个千载难逢的机会了，严予慈笑了笑，她最好的朋友，一定会幸福的。但当时的严予慈应该不会想到，这束光打开的那一刻，是最会灼伤人的眼睛的。

  棉花猪蹄煲：#棉宝早安#好久没有闻清晨的空气了，昨晚应该是下了大雨。当你推开窗户，踏着朝霞而来的那个人，你忘得了吗？

徐衍躺在床上，脑袋有些热，他翻看着棉宝的微博，看来，是私信太多了。也是，对方是一个大V，为什么要在意自己呢，每天上千条私信，能够一一处理也是不容易，终究是虚幻的。而姚念菲，她难道是生气了，难道是那个电话？

不可能，姚念菲是个傻大姐的性格，她大大咧咧，根本不会注意这些细节。徐衍打了好几个喷嚏，他从床头柜里拿出一个电子体温计，温度有些高了。徐衍给姚念菲发了一条短信，"菲菲，我不太舒服，你在哪儿？"

1分钟，没有回复，2分钟，还没有回复，算了，才6点多，可能姚念菲还没有起床，先睡一觉。徐衍半醒半睡地就这样睡了过去，两小时后，他又看了一眼手机，还是什么也没有。他现在浑身都疼，烧得滚烫。

  私信 来自断联的风筝：你在吗？有空聊聊吗？

等了半小时，还是没有回复，中午的太阳已经照进了房间，晃得徐衍睁不开眼睛。他拿起了手机，拨通了那个熟悉的电话。

电话那头传来了甜美的女声，"徐衍，怎么了？""小岚，我病了，不太舒服。""我马上来，你家有药吗?"徐衍烦躁地说了一句"我不知道"，然后就放下了手机，沉沉地睡了过去。

不知过了多久，徐衍好像听到了输密码的声音，高跟鞋，拖鞋，然后一只软软的手碰到了他的额头，细腻的触感流遍了他的全身，这个触感很快又消失了，他听到了开煤气的响声。徐衍长舒一口气，他觉得他找到了答案，他太需要一个家了。

姚念菲在一阵香味中醒来，肚子咕噜咕噜地叫着。"你在吃什么?""麻辣香锅啊。"严予慈停顿了一两秒，"哎哟，我的小祖宗你醒了，要不要也来一两口?""熬夜然后吃这个，小慈，你真行。"严予慈用略带自信的口吻说道："我才不像你们这些弱鸡，哎，熬个夜，就七倒八歪的。"

姚念菲拿起手机，没有信息，徐衍一定是还在想，什么时候他变成了这种拿不起放不下的人了。她打开微博，很多私信，里面有一条来自断联的风筝。姚念菲瞬间觉得心又跳到嗓子眼儿了，他又怎么了。

  私信 来自棉花猪蹄煲：想说什么呢？

大约 10 分钟后，一条私信。

  私信 来自断联的风筝：没事儿，有些心事，有点举棋不定了，现在都没事了。

姚念菲没有回复私信，她好像偷鸡摸狗一般打开了断联的风筝的微博，明明是大家都能看的，但姚念菲就觉得，自己好像做贼一样。姚念菲又是一阵心跳，她在干什么，偷窥吗？

  断联的风筝：最长久的陪伴是最好的告白//@棉花猪蹄煲：#棉宝早安#好久没有闻清晨的空气了，昨晚应该是下了大雨。当你推开窗户，踏着朝霞而来的那个人，你忘得了吗？

这个陪伴他的人到底是谁呢？姚念菲有些茫然无措了，如果这个账号真是徐衍的，那么他所说的心事，那千千万万的心事中，工作上的也好，生活上的也好，其中一定有一件和她姚念菲有关。姚念菲合上了电脑，捏了捏自己的鼻子，开始责怪胡思乱想给自己平添了太多的烦恼。

寻找大V之粉丝集会

见面结束的当晚,姚念菲就整理了其中的两篇线索发到了网上,立刻又有一些人发来私信,希望能够见面提供线索。严予慈和尹姐沟通后决定再办一次线下见面,只是这一次要扩大影响力。当严予慈告诉姚念菲尹姐的想法后,姚念菲又暗自紧张了起来,这好比是所有的棉粉聚集在一起,举行了一场偶像不在场的大型粉丝见面会。姚念菲在暗自紧张的同时,又有些窃喜,还有些好奇。如果这些粉丝知道棉宝就混迹在其中,会是什么反应?她的粉丝究竟都是什么样的人?

见面会的地点由尹姐选定,是一家颇有格调的餐厅,她包下了这里的2楼。为了控制人流量,参与者必须符合两个条件,一个是粉丝协会的会员,之前对棉宝的微博有一定量的转发和点赞,这样可以过滤掉很多抱着其他目的来凑热闹的人；另一个条件是需要交纳一定的费用，主要是用于购买吃喝的东西以及场地租赁。

姚念菲走进餐厅时，的的确确被眼前的景象震惊到了，"乌泱泱"这个词此时非常适用。姚念菲拿了杯饮料在人群中缓慢穿梭着，她仔细听着大家在说的话，没有人在寻找棉宝，他们都按照自己的兴趣有秩序地扎着堆，说着美妆的在自拍，喜欢cosplay的在交流着自己的衣服，年轻的男女在互相展示介绍自己。严予慈拍了一下姚念菲，抱怨道："你怎么迟到了？说是让我先来，还真是慢。"姚念菲看着累到额头满是汗水的严予慈，有些抱歉地笑了笑。严予慈把姚念菲拉到一边，"说正经的，我看是起不到什么作用了。"姚念菲四处张望，问严予慈道："尹姐呢？"严予慈指了指屋子的一个角落，姚念菲看见那里聚集了不少的人，还贴着一个大大的二维码，严予慈说道："她是来推销产品的，你要不要去看看，有些文创还不错呢。"姚念菲摇了摇头，她只想站在这里，静静地看着这一屋子的人，看着这一屋子曾经的棉宝的粉丝。

其实姚念菲是另有目的的，她想找找有没有那个熟悉的背影。

她没有找到那个熟悉的背影，但有一对略微眼熟的耳环映入她的眼帘。那是一对银杏叶珍珠耳环，耳环很长，显得脸型小巧精致。那位美女显然是看到了姚念菲，她向这边用力地看了过来，姚念菲转身去拿服务员端来的橙汁儿，借机避开了她投过来的眼神。

没错，她们是见过面的，在上一次的那家咖啡馆。待姚念菲喝完果汁再次转过身的时候，她已经找不到那对银杏耳环了。

线下见面会被顶上了热搜，不过也只是在榜单低位徘徊了2天，就从热搜上下来了。5天之后，就连寻找棉宝的热搜帖也无影无踪，除了严予慈还期盼着能够得到一个结果外，其余人的热情已基本消失殆尽。姚念菲此时正在经受着等待的折磨，距离上次面试已经过去快要两周了，她还是没有等来电话或是短信，看来江州电视台的工作机会是不可能了。但姚念菲还是等到了丁默的电话，根据丁默的解释，他被导师临时叫去了医院，忙到无暇看手机，虽说理由有些牵强，但姚念菲也算是得到了一个答案。

这又是一个普通的清晨，依旧是早上6:30，严予慈被准时从床上拖了起来。她披头散发地抱怨道："姚念菲，我可是你的真爱知道吗，真爱，我熬了一晚上，早上还被你这个女人拉起来吃什么早饭。"姚念菲撒娇地说道："你吃完了早饭再回来睡嘛，这样比较好，胃里暖暖的，脑袋昏昏的，多舒服呀。"严予慈瞪了一眼姚念菲，"我信你个鬼。"

两人闲逛着走到食堂，今天的阳光是淡淡的，很清爽，像温水一样浸泡着皮肤，舒适极了。买完早饭找位置坐下后，姚念菲就看见了朝她们走来的丁默。"哟，美女，早上好。""丁默，你是在食堂蹲点的吗？为什么每次都能看见你。"丁默放下了餐盘，说道："严予慈，我一直在想，王梓奇是怎么能够忍受你这样的性格的。"严予慈自然不会放过这样一次打趣丁默和姚念菲的机会，于是顺势说道："我知道，你就喜欢姚念菲这种性格的，是不是，是不是？""对对！"吴雯靖立刻接上了话，她也从旁边走过来。严予慈带着好奇惊讶的口吻问道："吴雯靖，你怎么也在？你俩不会是约好的吧？"丁默看了一眼吴雯靖，哈哈干笑了两声。

"都快毕业了，你俩打算怎么说？"严予慈的脚在桌下踢了踢丁默，又踢了踢姚念菲。"什么？"姚念菲问道。"你别装了，说的就是你，你和丁默，你俩打算怎么说？"严予慈往上拱了几下眉毛，油油地看着姚念菲笑道。"就是啊，菲菲，说好对我负责的。"丁默往姚念菲的身边靠了靠。姚念菲往旁边移了移，然后说道："我，我要先找工作。"严予慈一个毛栗子敲在了姚念菲的脑袋上,"姚念菲,我真是不知道你的小脑袋瓜里在想什么。总之,丁默,你要对我们菲菲好。""是,娘家人说什么都对。欸,那个棉宝,你们找到了吗?"丁默岔开话题,他觉得姚念菲有些尴尬。

"这几天,就光用来见奇葩了,什么线索都没有。"严予慈有些丧气地说道。"我看哪,这说不定就是一场营销,炒炒热度的。"吴雯靖啃着手抓饼,一点点酱粘在了她的下巴上,显得特别可爱。坐在她对面的丁默摸了摸自己下巴的同一个位置,吴雯靖立刻用手把那一滴酱抹掉。"吴雯靖,你这么阴暗的吗?我可是真粉丝,我有第六感,绝对不是,她一定是遇上了什么事儿,而且我感觉,棉宝就在我们江州。"严予慈斩钉截铁的气场显然吓坏了姚念菲,她掉了一个萝卜干。丁默说道:"我觉着你们是找不到的,人家本来就是不想让你们知道,可能是一个创作团队。至于遇到麻烦,还是单纯的不想干了,或者是炒作,和我们有什么关系。"

"虫牙粉。"严予慈假装龇牙咧嘴地说出了这个词,颇有些可爱,丁默在那一刻甚至都有些明白了王梓奇的乐趣所在了。他只得抱拳,并且向严予慈方向欠了欠身子说道:"我可是很支持这个账号的,副会长。"说完,他摸了摸下巴对姚念菲说,"是不是菲菲?"

姚念菲呆呆地看了一眼丁默,没有回答,严予慈若有所思地眼珠子转了几圈,双手撑在食堂饭桌上,说道:"棉宝发过一次定位,在江州中心的Y酒店。丁默,你说我去查房间记录怎么样?"丁默扑哧一下笑了起来,他斜着身子看着严予慈说:"先不说人家让不让你查,你怎么知道人家就是去开房呢?可能是去吃饭的,游泳的,泡吧的,唱KTV,或者只是路过的。"

几人就这样你一言我一语地说来说去,忽然严予慈发出了"嗯"的一声带着疑问的长长声调,她盯着丁默看了一会儿,又转而看向了姚念菲,忽而一拍脑门儿,对着姚念菲说道:"菲菲,你还不走?再不走就迟到了。"姚念菲的记忆应该是瞬间被某些事情占据了,她忽然拍桌而起,说道:"对对,我今天有个外贸公司的面试。我走了,一会儿再说。""外貌公司?专门看脸的公司吗?"丁默看看三人,似乎在等待她们的笑声,但这阵风实在太冷,严予慈挣扎着笑了笑,然后给姚念菲使了使眼色。"我真的要走了。"刺啦一声,椅子脚和地面瓷砖摩擦发出了刺耳的响声,丁默也跟着姚念菲站了起来,说道:"我也走了,我陪菲菲去,去外貌公司看脸去了。"

"得了,就我俩了,继续研究研究,看看,这个有没有什么字谜在里面。""严予慈,你自己看吧,我要去追剧了。我大好的最后一个月,我要留着追剧。以后再不会有这样的日子了。"说完,吴雯靖也起身走了,严予慈独自看着眼前的空盘子,气鼓鼓地又去买了两个蒸饺。看来,今天可以把时间留给王梓奇了。

姚念菲飞快地走向地铁站,只听后面有一阵越来越近的脚步声。"菲菲,等等我,今天没人打球,我陪你坐地铁去面试。"至于姚念菲心里是怎么想的呢,她有点想丁默陪她,又有点儿不想,总之有些矛盾。于是她说道:"丁默,我自己去吧,你陪我,我紧张。"丁默摸了摸姚念菲的头说道:"我知道你不会紧张的。"

姚念菲给一家外贸公司投了简历,她是学语言的,还算有些专业优势。但她今天仍旧没有改变自己的穿衣风格,她想了想,该怎样就怎样吧。但用严予慈的话来说,买东西都是先看外包装的,如果继续以这样的形象面试,怕是要失业了。这家外贸公司就在地铁口,走出地铁口的时候,姚念菲抬头望了望这幢楼,玻璃幕墙的一个亮点让她瞬间闭上了双眼。

走进等待大厅后,姚念菲被一屋子的人吓到了。她以为在这个时间点,面试的人应该会减少很多。没想到,还是有那么多人。距离她面试还有一些时间,她没有走进等待室,而是和丁默一起坐在了走廊的座椅上。走廊的尽头是一间大办公室,里面传出了键盘有节奏的敲打声,和时不时响起的电话铃声,但无论你听得多仔细,都不能捕捉到一点点人声,这里果然是个没有烟火气的地方。她蹑手蹑脚地走到了办公室的门口,所有的人都端坐在办公桌前,脖子几乎都以相同的角度面对着电脑屏幕,疯狂地敲击着键盘,而大门边的显眼处张贴着规章制度和一个打卡的机器。她又坐回到了椅子上,窗外忽然飘起了雨,雨点排着整齐的队伍滴落在窗户上,配合着键盘的声音,一切都井然有序,不慌不忙。但是姚念菲,她握着拳头,掐着自己的手心,拼命让心乱如麻的自己冷静下来。她告诉自己,今天一定要成功。

走进面试会议室后,姚念菲还在使劲地为自己呐喊。但一听到面试的形式是小组讨论时,姚念菲又紧张到手心出汗。她自知这是她最不擅长的,事实证明,她在这方面确实有些弱了。她反应比别人慢,几次想要说话,都被别人先抢了去,直到面试结束,她都没有捞到说话的机会。

面试官托了托眼镜,看了一眼姚念菲说道:"这位同学,我观察你很长时间了,你可是名牌大学的学生,你为什么不说话。"姚念菲被突如其来的问题吓到了,她说道:"我,还没有准备好。这个问题我也不太懂,想听听大家的看法。"面试官笑笑说道:"既然你是名校的学生,我就再给你一次机会。你是学语言的,在座的都是学管理经济类的。你可以展示一下自己的优势。"说完,面试官说出了第二道题目,"好的,那现在我出题目,请大家用自己熟悉的第二外语作答。"

对于学了7年的专业而言,姚念菲的功底还是非常扎实的,但今天,她没来由地恍惚了起来。她自觉回答得不算好,甚至还是有些糟糕的,没有发挥出本该有的水准。或许自己真的不太适合职场。姚念菲垂头丧气地最后一个走出会议室,她脑中又回荡起了徐衍之前的话:"来我的公司工作吧。"

"怎么样?"丁默看见姚念菲就站了起来,她只是对着丁默摇摇头,表示自己的面试表现并不是很理想。两人一路都没有说话,地铁上只有一个座位,丁默让给了姚念菲,姚念菲低头玩着手机,其实脑子里面反反复复想到的都是今天面试时自己不尽如人意的表现。自己怎么会变成现在这个样子，连最基本的专业都没有发挥好。她又把头往下埋了埋，头发顺势分为两边滑到了肩上，露出了一小段细致雪白的脖子，丁默看了一眼，瞬间觉得脸颊发烫，他抬起头看向了一边，不一会儿，他的眼神又落到了那一小段脖子上，他真想伸手让头发回到原来的位置。

几站过后，人少了一些，姚念菲身边的位置空了出来，她拉拉丁默的衣角，又拍拍身边的座椅示意丁默坐下，丁默看到姚念菲有些沮丧的神情说道："其实，找工作也没有那么急，你可以考虑继续读书，你不是很喜欢读书吗？"姚念菲对着丁默摇了摇头，说道："我不想读了，我想看看这个社会，要不显得自己很没用。"一连串的联想在丁默的心中升起，他有些心疼地看向了姚念菲，"菲菲，你以前从来不会说自己没用的。"

过了半响，丁默又开口道："菲菲，前段时间我见到过一次冯宇诚。"姚念菲看向丁默，准备等待他接下来的话，"你就没有想问我的？"丁默反问姚念菲道。当然，此时的姚念菲脑海中闪过一连串的问题，但也不知该怎样开口询问。丁默笑了笑，露出了他的大白牙，用手勾了勾姚念菲的鼻子，说道："看把你紧张的，他说下一次有空一起吃饭。"姚念菲这才缓过神来，把脸转向了地铁车窗说道：

"你们关系怎么样?"丁默摊了摊手,"还行,在实验室一起做过实验,在实验方面他比我靠谱。"姚念菲微微地点了点头,丁默又说道,"不过,菲菲,你怎么评价他?"姚念菲想了片刻,然后道:"我只知道他小时候不爱学习的,现在感觉很低调稳重的样子。"丁默靠近了姚念菲的耳边,"看来,你还是不太了解你的这位同学。"姚念菲满眼问号地看着丁默,"我刚说了,在实验方面他比我靠谱,但生活上……"丁默意味深长地看了一眼姚念菲,姚念菲也抛出了一个同样意思的眼神。"他是个玩咖,在国外留学的时候,没少浪啊,白天,实验一霸,晚上,酒吧一哥。"丁默挺了挺身子,深深吸了口气,姚念菲简直不敢想象,那个低调内敛的冯宇诚居然被丁默描绘成了这样。丁默语气神秘地又说道:"但我一般不说他不好。""为什么?""他知道我的一个秘密。"姚念菲眼睛都瞪大了,"什么秘密?""不告诉你。"丁默坏坏一笑,站了起来,"准备下车了。"姚念菲还呆坐着,刚才这段没头没尾的对话又够她想一晚上了,有时她真羡慕那种可以酒肉穿肠过的人。

　　回到学校后,姚念菲直接回了宿舍,换了件衣服就很快躺下了。"菲菲,这么早就回来了?丁默没请你吃饭吗?""没有,我没什么胃口。"严予慈看了看姚念菲,眼神里都是疑惑,"你最近怎么了?不就是找个工作吗?这里不行再换别的地方呗。别一直躺着了,快点起来,我们还要找人呢。""你也太执着了,我们都想了很多办法了,不是没有结果吗?"严予慈小声说道:"要不我们报警吧,报失踪人口?"

"要我说,你俩也别瞎琢磨了。"吴雯靖把半个西瓜放在桌上,人已经站在了宿舍里,"找到那个发帖人,那个叫什么什么岚的问问不就行了。"严予慈和姚念菲都被吓了一跳,吴雯靖轻手轻脚的,也没什么声音。"你偷听啊?也不敲门。"严予慈说完,向站在衣柜边的吴雯靖嘟了嘟嘴。"你门开那么大,我敲什么。不就是给我听的吗。"吴雯靖丝毫没有在言语上退让的意思。

严予慈看吴雯靖拿来了西瓜,便从柜子上的玻璃碗里拿出了勺子,吹了吹灰,准备挖西瓜吃。严予慈对于吴雯靖刚才的提议,表示了担心,"那什么岚什么的,一看就是很彪的那种,我们哪里敢啊,是不是菲菲。"吴雯靖说:"你骗谁呢严予慈?你还怕过谁?你去买张音乐会的票,先去看看真人,看完了再想办法,不就行了。"姚念菲从床上坐了起来,感叹道:"这也太凶猛了,你们这是什么虎狼操作。"吴雯靖无语地看向她俩,"你们俩都敢去见不知名的留言网友，人家有名有姓的怕什么。"严予慈点了点头，继续吃着西瓜，吴雯靖拍了拍严予慈的脑袋道："别忘了留点给菲菲。"说完，便离开了宿舍。

姚念菲在床上翻了个身，她是有些自责的。她多想告诉严予慈，这个账号是自己的，但她开不了这个口，如果她说了，严予慈会是什么样的反应，她骗了她三年吗？她们还会是朋友吗？严予慈会为她高兴吗？还是说她们都会觉得自己是在异想天开呢。每个人都有太多的秘密，都在扮演着不同的人。姚念菲拿出手机，她应该更新今天的微博了，最近她借着这件事情涨粉不少，那几句每天更新的酸溜溜的鸡汤，也为她带来了不错的粉丝增长数，她居然有一种前所未有的满足感，这种满足感是棉宝那个账号从来没有给她带来过的。难道是因为失而复得吗？她又左摇右晃了一下脑袋，妄图摆脱这些错综复杂的幻想。

前篇：冰块里的鱼

已经过去三天了，姚念菲觉得是时候联系一下徐衍了。她不断提醒自己，别把网上的事情和现实生活搅和在一起，那只是一个公众号，棉宝只是她敲下的文字赋予的一个角色，再说了，那个人也不一定就是徐衍，胡思乱想丝毫没有意义。她可以走向徐衍，缓缓靠近一点，一个原地不动的人是不值得一份日夜兼程的爱的。

烧了一夜的徐衍已经退烧了，正躺在床上望着天花板。

"叮咚"，听到手机铃声的徐衍拿过手机。"徐衍，几天没联系，出来玩吗？"徐衍伸出另一只手，打算回复姚念菲。正在这时，于慕岚推门走了进来。"醒了？喝粥吧。"徐衍飞快地删除了和姚念菲的对话。

"好。"徐衍从床上坐了起来，理了理自己已经睡趴的头发。于慕岚把碗递给徐衍，温柔地说道："这几天，乐团正好没事儿，我在这儿陪你。"徐衍接过碗，看了一眼于慕岚，大约3秒钟后说道："我没问题了，已经好多了。"于慕岚转头斜眼看了一下徐衍，双手撑在身后，有一缕阳光从窗帘中漏了进来，正好照在于慕岚那高挺精致的鼻尖上，她眯眼正对窗户说道："徐衍，你离不开我吧。"徐衍一言不发，只是默默地搅拌着碗里的粥。

于慕岚把支撑身体的手往后伸了伸，身体呈现出更加好看的弧度，在那抹淡色阳光中显得慵懒柔媚，她小声地说道："分手了也能做朋友的。"她的脸转向了徐衍，嘴角挂上了微笑，"我之前有困难的时候，你也帮了我啊，这是我应该的。"徐衍看了一眼手机的黑色屏幕，一口气把粥倒进了胃里，烫得心疼。

姚念菲等了很久都没等到徐衍的消息，她有些疑虑，到底是怎么了。下午了，徐衍还是没有消息，姚念菲给他打了一个电话，电话没有人接，不是按掉了，是没有人接，那个手机不离身的徐衍，怎么可能不接电话呢。徐衍不会遇到了什么意外吧。姚念菲瞬间脑补了很多在新闻里看到的镜头，她使劲左右甩了甩脑袋，让自己清醒一些。

"菲菲，我出去一下，一起吗？图书馆。"严予慈说道。"不了，我在宿舍，昨天脖子疼还没完全好。"严予慈用关心的语气嘱咐道:"好吧,你别一直看电脑,又要发作了。"

姚念菲没有接严予慈的话,她在盘算着怎样才能联系上徐衍。姚念菲鬼使神差地打开了电脑,她打算联系一下那个账号,在姚念菲的潜意识里早就把这个账号的主人看作是徐衍了。

  私信 来自棉花猪蹄煲:什么事情举棋不定呢?

很快,这个账号就回复了这条私信。

  私信 来自断联的风筝:想不到你还能回复我,还是老问题,应该选择前者还是后者。
  私信 来自棉花猪蹄煲:还是老答案,如果前者好,还会有后者吗?
  私信 来自断联的风筝:都是相识多年的,舍不得,不知该怎么选才好。

姚念菲抓了抓自己的脑门,把刘海全部夹到了头顶上,脑门前面顿感一阵清爽,她迅速地拨打了徐衍的手机。这次,对方很快就接起了电话,一个男声从电话那头传来,

"菲菲，怎么了?"姚念菲说道："我刚才打电话你没接，想问问你在做什么。"徐衍笑笑答道："我正想给你回电话呢。"姚念菲没等徐衍说完，就接着说："最近出来玩儿吗? 29号有新电影上了。"电话那头的回答没有丝毫犹豫，"不了，公司太忙。"姚念菲明显觉出了徐衍语气的不正常，她连忙说道："需要我帮忙吗?""你帮不上，你自己照顾好自己吧。"说完，两人互相道别，挂断了电话。

放下电话后的姚念菲在宿舍里坐立不安，她的第六感告诉她，她应该多看几眼这个叫"断联的风筝"的账号。她迫不及待地打开了这个账号，她百分之百地确信，一定有一件周围人都知道的事情，她姚念菲不知道。

打开这个账号后，姚念菲有些小小的失望，账号里面并没有什么有价值的身份信息，微博的内容也少之又少，最近有一个转发，转发的是棉宝的微博，姚念菲仔细看了看，这条微博也有一个转发，她伸了伸腿，扩了扩胸，左右运动了一下脖子，然后打开了那个账号。

巧克力派：生生世世在你左右//@断联的风筝：最长久的陪伴是最好的告白//@棉花猪蹄煲：#棉宝早安#好久没有闻清晨的空气了，昨晚应该是下了大

雨。当你推开窗户，踏着朝霞而来的那个人，你忘得了吗？

"巧克力派"，这个账号是谁的，姚念菲没有犹豫，她想要解开这个困扰，这个困扰已经对她构成了小小的折磨。她原本可以问徐衍的，但徐衍说了他不玩微博，可姚念菲怎么就是这么不相信呢。她点开了这个叫"巧克力派"的主页。

巧克力派，实名认证微博，青年小提琴家，于慕岚，江州管弦乐队小提琴乐手。姚念菲迅速百度了一下"于慕岚"这个名字，信息大多是随团演出的新闻。毕业于J城大学。这条信息很快引起了姚念菲的注意，徐衍也毕业于同一所学校，难道说，"断联的风筝"真的是徐衍吗？

姚念菲开始翻看这个巧克力派的微博，里面都是演出照片、一些心得还有生活琐事，能看出是一个热爱生活的女生。她翻着翻着，翻到了6年前，一张拼接后的照片引起了她的注意，上面是一张小男孩的照片，下面是一张成年女生的照片，都是在同一个音乐厅。

　　巧克力派：去你小时候演出过的地方。

下面有回复,"男神女神好浪漫啊!""亲爱的,你好美。"那张照片是初中时代的徐衍,姚念菲一眼就认了出来。她脑袋里嗡的一响,接着便上演着一幕一幕的无声电影,她一动不动地坐着,画面好像完全静止了。

片刻之后,姚念菲从椅子上站了起来,停顿了好一会儿,忽然蹲在了地上,背靠着衣柜柜门,抱着双膝,把头埋得很深。姚念菲啊姚念菲,记得老冯的话了吧,"徐衍喜欢那种肤白貌美,身材火辣,会黏人的。"而姚念菲,绝对不是这样的姑娘。

姚念菲问自己,那么我算是什么?这个她从小的同学好友,怎么可能如此捉弄自己呢?不会的,这不是她所认识的徐衍,徐衍不是这样的人。正当姚念菲的头脑飞速旋转时,一个声音叫醒了她。

"菲菲,你怎么了?头晕吗?"姚念菲从胳膊缝里看到了走进来的严予慈,只听严予慈继续碎碎念道,"哎哟,我就说我今天倒霉透了,书没借到,你又这样了,你没事儿吧。"严予慈过来拍了拍姚念菲,姚念菲蹲久了,腿有些发麻,一下子没撑住,就坐在了地上。严予慈一下就紧张了,她立刻拿出手机,"丁默,叫上王梓奇,我们送姚念菲去医院拍片。"

姚念菲立刻说了句"不用",但好像已经来不及了,严予慈一边扶起地上的姚念菲,一边说道:"不行,要出人命的,不行不行。"姚念菲的背佝偻着,坐在椅子上有气无力地说道:"我真的没事儿。"严予慈摇了摇头,双手捏着姚念菲的脸蛋说:"至少要去校医院。"

于是,三个人连拖带拽地把姚念菲拖到了校医院。医生看了一眼姚念菲,"同学,熬夜熬的吧,早点睡,不行,明天再来看。"严予慈不可置信地看着医生,用提高了好几个分贝的声音说道:"就这样?要不要做CT?"医生头都没抬,用不耐烦的声音说道:"不用。"严予慈明显不依不饶,"医生,你会不会……"丁默给王梓奇使了一个眼色,王梓奇一把捂住严予慈的嘴,把她拖出了校医院。

走出校医院后,丁默走在姚念菲前面,姚念菲已经完全清醒了,经过了刚才的挣扎,得到充分活动的她已经完全好了。傍晚的太阳有些晃眼,姚念菲眯着眼睛,流出了眼泪。

"姚念菲,你是不是失恋了?"

这个声音是从前面那个背影传来的,姚念菲停住了脚步,丁默也缓缓地停了下来,转身看向姚念菲。夏日的夕阳下，穿着白色短袖汗衫的丁默，就是那个从光中走来的人，让姚念菲有些恍神。丁默就这样看着呆站着的姚念菲，黑亮的头发上洒着细碎的金色光点。姚念菲的心忽然就亮堂了起来，她小跑几步，跑向了丁默，说道："没有，脖子没好透，等等我。"丁默伸手到姚念菲的脸上，帮她托了托眼镜，"眼镜都跑掉下来了。这么傻，看来是只会吃饭了。"姚念菲对丁默傻傻地笑了笑，像是一颗初绽的小太阳，那一笑丁默记了好久，而这一刻姚念菲也记了好久。

晚上，姚念菲发完微博，打算睡觉。突然，不知为何，她的好奇心又跑出来作祟，她想看一看徐衍的微博，手机被拿起了又放下，放下了又拿起。看吧，但姚念菲担心自己看了之后睡不着，不看吧，又担心自己一直想看。还是看吧，看完了就好了。

　　断联的风筝：青椒炒肉丝、凉拌木耳、山药排骨汤，这就是我们的爱情了。//@棉花猪蹄煲：#棉宝晚安#今日食谱，蒜蓉青菜、西红柿鸡蛋再来一块红烧肉，一天的疲惫全消，生活轻松、美好。

姚念菲应该是确定了徐衍的心意了,她忽而一阵心酸,又有些失落。一个句号就这样悄无声息地画上了,姚念菲死死地盯着电脑屏幕,重重地敲击了关闭窗口的按钮,她的鼠标在那个叉号上停顿了一会儿,才慢慢松开,至此,她和过去算是正式告别了,这一切在她的心中将被就地铲除。关上电脑后,姚念菲走到了宿舍的小阳台上,今晚没有星星,明天可能会是个雨天,她低头,不禁有些伤感起来,徐衍,应该是再也不会冒着大雨来见她了。

很快,姚念菲就想明白了。其实说来也是不意外,老冯早就提醒过她徐衍并不适合她,况且,高中毕业聚餐的那一出闹剧,很早就佐证了这一点。既然这样,也没什么好奢望的。当然,姚念菲扪心自问,这段时间她确实还有一丝小小的期待,但现在,这些期待也已经没了。前段时间发生的种种就当作是一场梦吧,这些偶尔的小插曲很快就会烟消云散的。她暗暗地发了个小小的誓言,绝对不再过问徐衍的任何事情。姚念菲又过回了以前的生活,偷偷地经营着她的大V号,暗暗地为自己的小小成就而感到高兴。看到那些咨询情感问题的私信,姚念菲甚至开始庆幸自己居然能如此之快地就走出失恋的阴影,好像这件事情对于她来说并没有造成多大的困扰。

高兴总是来得太早，事情在几天后就有些小小的变化。

"叮咚"，姚念菲收到了一条短信，是徐衍，出乎意料却又合情合理。姚念菲有些失了神，她忽然觉得自己好像是在参加一场考试，所有的题目都是超纲的，没有一个选项是她有把握的。姚念菲又看了一眼那条短信，上面写道："菲菲，最近好吗？老板娘都不来公司的吗？"

姚念菲愣住了，她立刻锁了屏幕，不想看也不敢看。这，徐衍到底是怎么了，他不是已经和别人双宿双飞了吗？徐衍不会是有什么精神问题吧，或者有什么其他目的？与此同时，她对自己还有点恨铁不成钢的感觉，因为她感到了自己内心存留的一丝侥幸，这丝侥幸在不断地提醒着她，提醒着她自己对徐衍的喜欢。可是，她已经暗暗地发过誓了，发誓不再理睬徐衍的。看来，人们总喜欢重蹈覆辙，没有人能够避免，这种发誓往往都是徒劳无功的。

姚念菲打开了电脑，登录微博，打开了私信，上次徐衍的问题她还没有回答呢，她可以趁此机会，问个清楚。姚念菲找到了和"断联的风筝"的聊天记录，鼓足勇气，开始敲击键盘。

私信　来自断联的风筝：都是相识多年的，舍不得，不知该怎么选才好。

私信　来自棉花猪蹄煲：那她们互相认识吗？

姚念菲发完这句话后，特别想扇自己一个耳光，她觉得自己好像一个魔鬼，躲在阴暗的角落，看着这人间来来往往的过客们，时不时戴着轻蔑的面具，时不时又换上善意的笑容。

私信　来自断联的风筝：不认识，一个是我中学同学，一个是大学同学。一个女生很需要我，什么都不知道，出门需要我接，点菜需要我点，生活能力也一般般，见识也一般般。

私信　来自棉花猪蹄煲：想不到你会这样评价你的旧相识，感觉有些过了头？

私信　来自断联的风筝：她确实是，我点什么菜她都说好吃，还夸我的车好看，其实这辆车在我朋友圈子里，是特别便宜的那种。

私信　来自棉花猪蹄煲：她可能只是客气吧。

私信　来自断联的风筝：应该不是，她还没有找到工作，在工作上也需要我的帮助，也不太会说好听的话哄人。

　　私信　来自棉花猪蹄煲：那另一个呢？

　　私信　来自断联的风筝：另一个很优秀，但有时也会向我求助，有自己的事业，会做饭，会照顾我。

　　私信　来自棉花猪蹄煲：那你为什么还要选择？

　　私信　来自断联的风筝：我不确定，我能和谁走到最后，我想证明一下。

　　私信　来自断联的风筝：但棉宝，如果你是一个人的话，我想，我会选择你，你最懂我，也愿意听我说。

　　姚念菲突然觉得自己特别可笑，需要通过这样的方式去了解一个身边的朋友，原来她在徐衍的眼中早就不是那个时代的姚念菲了，而姚念菲眼中的徐衍，还是那个少年。她大声地笑了起来，突然她看到了镜子里的自己，徐衍确实嫌弃她，从外在到内在，她只是一个太普通的学生了。姚念菲拿起了手机，她很明白，自己应该只是一个过客，是用来证明另一个存在的合理性。

　　姚念菲回复道："我最近在做论文，改天吧。"徐衍没有耽误，很快就回复了："好吧。我最近新去了一家餐馆，下次带你去。"姚念菲看向了刚才私信回复的最后一句话，如果棉宝是一个人的话，他愿意。此时此刻，姚念菲的脑海里并没有空空如也，一个念头飞快地闪进她的脑海，胜券在握的感觉涌上心头。是的，她应该在某一个时刻告诉徐衍，她就是棉宝，那个最理解他，最懂他的人。徐衍应该放下一切，毅然决然地做出最正确的选择。于是，姚念菲便顺势问道："什么店？"徐衍又飞快地回复了："是蟹肉料理，新开的，你应该没去过吧。"

姚念菲放下手机，迅速点开了"巧克力派"的微博，一张图片，新开的蟹肉日料店。

巧克力派：下班后，他来接我，拉着他去了新开的日料店，吃得饱饱的。最喜欢晚上在车上看这座城市，睡前热身一曲，明天又要去赶新的演出了，国庆才能回来，加油，小岚。

姚念菲掐了掐自己的前额，留下了五个深深的指痕，她盯着这条微博看了很久很久。爱情幻灭是她早就接受的事实，而现在的她，被捉弄得心烦气躁。"毕竟断联了这么多年，可能我也变了。"姚念菲想着老冯的话，原来老冯一直是那个明白人。她竟开始有些怨恨起了自己，为什么要去看这看那，又为什么要去深究这前因后果。姚念菲不免有种自寻烦恼的感觉。她真想往自己脸上架一副墨镜，看个半清楚就满足了。

国庆假期，丁默和严予慈都回家了，姚念菲一个人在宿舍里，她不想回家，丁默已经找好了工作，严予慈也有目标了，而自己呢，一直在想着徐衍的事情，工作也没着落，论文也没完成。果然和徐衍说的一样，她是个没什么用的人。

国庆节，这个词在姚念菲的眼前又跳跃了两下，她忍不住又想去看"巧克力派"的微博，不行，一定要忍住，徐衍已经跟自己无关了。姚念菲往脸上喷了些喷雾，打算让自己冷静一下，喷雾很快就蒸发掉了，效果微乎其微，而且脸上黏黏糊糊的更是不爽。她于是站了起来，先是去洗手间洗了把脸，给自己化了个妆。然后，她左看右看，觉得刘海有些别扭，又给自己修剪了刘海。回到房间，她又忍不住想去点开微博，不行，不行，必须忍住。姚念菲点了外卖，奶茶、麻辣烫、炸鸡。她一边吃，一边手又不老实了。

算了,看吧,想看就看,能怎样。

> 巧克力派:被接回了家里,有新的鲜花,正在下厨,为他做糖醋排骨。

姚念菲不知哪里来的勇气和怒气,也完全忘记了自己的立场,她拨通了徐衍的电话。电话居然很快就被接通了,让姚念菲有些出乎意料,她用斩钉截铁的声音说道:"徐衍,最近有时间吗?一起吃火锅?"徐衍用气声说道:"最近不行,公司太忙了。"姚念菲有些咄咄逼人地继续问道:"那下周呢?"徐衍急匆匆地说道:"再说吧,我现在有点忙。"于是挂断了电话。

徐衍放下电话后,于慕岚就从厨房里出来了,她瞄了一眼桌上的电话,对徐衍说道:"吃饭了,刚才谁的电话啊?"徐衍摸了摸眉毛,说道:"卖房子的广告。"于慕岚又看了一眼徐衍,转身就进厨房去端汤。

徐衍在餐桌边坐了下来,对于慕岚说道:"今天晚上我要去公司通宵。"于慕岚正端着汤走出来,"我陪你?"徐衍走上前去,搂住于慕岚的腰说道:"不行,你在,我没法专心工作，再说，还有别的同事。"于慕岚甩开了徐衍，拉出椅子，坐了下来。徐衍觉得这种时候他应该退一步了，"要不，晚上先去吃个饭，有家新开的火锅店，评价不错。然后我送你回来，怎么样？"于慕岚给徐衍盛了一碗汤，姿势夸张地放到了徐衍的面前，委屈地说道："好吧，那晚上，我就在家练琴了。"

于慕岚和徐衍来到了火锅店，徐衍有些心不在焉，姚念菲，他应该怎么对姚念菲说。如果一直这样晾着，可能就自动结束了。姚念菲神经大条，应该不成问题，可能想想就会觉得是兄弟间的玩笑，毕竟是这么多年的老同学了，以后应该还是能够见面的。

于慕岚不断地往徐衍的碗里夹肉，看着正在发呆的徐衍，眼神变得很凶狠，但这凶狠的眼神转瞬即逝，然后，她用轻柔的声音问道："亲爱的，你转发的那个微博账号好像很有名的，是谁啊？"徐衍缓过神来，夹起了碗里的一块肉，说道："哦，是一个我一直关注的博主，很喜欢，但不知道是谁。"于慕岚的声音依然轻柔，但稍许带着些责问的调调："你不知道？那我之前看你们还相互联络呢。"徐衍还是一直看着碗里的肉，然后说道："嗯，是个做得很好的微博号，我哪能认识这种网红博主啊。"

于慕岚又重新涮了几块肉，夹到徐衍的碗里，"我看你每天睡前都看，早上也看。"徐衍点点头说道："是啊，习惯了。"于慕岚深吸一口气，问道："你有没有想知道这个账号是谁的？"徐衍摇头道："没有啊，是谁无所谓啊。""之前网上还说这个博主恋爱了呢。"徐衍只是摇了摇头，并没有回应，于慕岚透过热腾腾的火锅烟气瞪着徐衍，好像希望能够瞪出一个什么样的答案来。

晚饭后，徐衍打算把慕岚先送回家，他的手机不停地响着，今天必须把项目书改出来。他打了橙子姐的电话："橙子，你再通知一遍，今晚通宵。"

徐衍停车后，看着于慕岚说："我去工作了，你早点休息。"于慕岚并没有下车，而是转身面向徐衍道："徐衍，我有问题要问你，你不说清楚，就别想去公司。"徐衍先是愣住了，他的心往下沉了沉，1秒之后，他熄灭了发动机，解开了安全带，双手放在双腿上，随即镇定地说道："问吧。"

"徐衍，你之前和我分手是因为有了别人吧？"徐衍淡定地回答道："不是。"于慕岚抿了抿嘴唇，然后说道："那今天谁给你打电话的？"徐衍不耐烦地说道："都说了，是广告。""那好，那你为什么一直在看微博。""习惯。"徐衍脱口而出的这两个字怕是惹恼了于慕岚，她凑到了徐衍的耳边，语调有些冷嘲热讽的感觉："习惯？这么多年了，我难道不应该是你的习惯吗？那天，沈青颜喝多了，说你的红颜知己没来，是谁啊？"徐衍看了一下手机，微微侧身对于慕岚说道："没有，三个男的。"于慕岚双手环抱，重重地往座椅背上靠去，一字一顿地说道："我不信。"徐衍看了看她，没有回答。于慕岚继续说道："我看见老冯给沈青颜使眼色了。"

于慕岚转头看了看徐衍的侧脸，他很平静，一脸若无其事的样子，这副样子就像一根根针一样，扎在于慕岚的心里，让她一阵阵地疼着，她一定要让徐衍松口。徐衍又微微转了些方向，把一只手撑在方向盘上，他的语气显然也带着些不满："于慕岚，之前分手，你不愿意，跑来找我闹。后来我还是如你所愿，复合了，现在你又来闹，我跟你说，没有别人，只是太累了。"

这段话无疑成了一把助燃剂，算是把于慕岚彻底点燃了，她在车里怒吼道："徐衍，那个微博号是谁的？你说清楚。"徐衍看看她，转身不说话。"我知道，你肯定会说不认识，但你真的太反常了，你给我看看，你们有没有聊天，给我看。"于慕岚歇斯底里地抢过了徐衍的手机，徐衍用力地把于慕岚向车门推了一把，拿过了手机，随即下车。

徐衍走到副驾的位置，打开了车门，"下车，"他的表情不太好看，眼睛发红，乌青的黑眼圈显得越发明显，"下车。"于慕岚疯狂地摇着脑袋："徐衍，你说清楚，你不说清楚我不下。"徐衍说着就去拉于慕岚，但于慕岚被安全带紧紧地绑在副驾上，嘴里大喊着，"我不下车。"徐衍把身子探进去解锁扣，于慕岚用一只手紧紧地护住安全带的锁扣，她太过用力了，太阳穴的青筋都有些微微凸起。徐衍的声音极其低沉，不断地说道："你下来，你给我下车。"

于慕岚看着眼睛通红的徐衍，她一把抱住徐衍的脖子，用哀求的语气说道："徐衍，求求你了，告诉我，就一个名字，就一个名字，我就满足了。"徐衍看向于慕岚那满是泪水的眼睛，粉色的红唇，高挺的小鼻子，正在向他哭诉，那样子的确是楚楚动人的，徐衍终究还是有些不忍心的。于慕岚的手感到了徐衍的放松，她又哀求了一遍道："就一个名字，我不怪你，你做什么我都原谅你。"

忽然，老冯的声音在徐衍的耳边响起，"徐衍，你控制不了那个女人。"

徐衍的喉结动了动，然后说道："没有，我说过了。"于慕岚把身子向前倾，她的薄唇凑到了徐衍的耳边，她的气息太温热了，徐衍感觉脖子里都是微热的汗水，"求你了，就一个名字。""你给我下车，松手。"徐衍开始去掰于慕岚的手，但她的手死死地扣住了徐衍。她的嘴唇已经贴在了徐衍的耳朵上，又是一个轻柔的女声飘进了徐衍的耳朵里："姓，姓就可以了。""没有。"徐衍用力往后一挣脱，他把车钥匙扔给了于慕岚。

徐衍整了整衣服，冷冰冰地说道："下来吧，锁好车，我走了。"

"徐衍，徐衍。"于慕岚解开安全带，从车上快速地下来，她穿着高跟鞋没有站稳，摔倒在了地上，"一个姓，就一个字。"

徐衍背对着她："没有，别想了。"

于慕岚趴在地上，握紧了拳头。

徐衍打了一辆车来到了公司，他确实控制不了于慕岚，刚才他差一点就说出了姚念菲的名字，就差一点点。徐衍只觉得浑身焦躁难忍，团队的人都到了，而现在他满脑子都是刚才的画面，完全无法进入工作状态。

"不好意思，你们先忙，我去打个电话。"徐衍欠身表示歉意，然后走出了会议室，随手打开了微博。

棉花猪蹄煲：#棉宝晚安#有时候，我幻想自己是夏日的一只蝉，以为看遍了四季，其实只不过是片刻的人生罢了。一个小学生对我说，"我不记得我小时候的事儿了"，真可爱。年轻的时候，我们都觉得，两年三年的，就好像已经过了一辈子。晚安。

徐衍本想点赞，但一想，于慕岚一定发了疯一样地在那里盯着自己，他决定私信给棉宝。

　　私信　来自断联的风筝：刚吃完饭，一顿火锅，吃得有点急，烫得现在嘴里有些麻木，舌尖是最疼的。我想我是爱你的，或者我想要一个吻。

徐衍按下了锁屏键，把手机放在一边，准备开始工作。但意外的是，他立刻得到了回复。他急切地打开了微博私信，徐衍只觉双手颤抖，出着冷汗。

　　私信　来自棉花猪蹄煲：一个吻换一个承诺好吗？
　　私信　来自断联的风筝：曾经给过一次承诺，但食言了。

　　私信　来自棉花猪蹄煲：这一次呢？

　　私信　来自断联的风筝：决不。

　　私信　来自棉花猪蹄煲：你又一次太轻易地承诺了。

　　私信　来自断联的风筝：只要你愿意出来见我一次，我想牵着你的手，说说心里话，这一次，我决不食言。

徐衍长长地叹了口气，他又回看了一下通话记录和短信记录，发现于慕岚没有再给他打电话，刚才歇斯底里的发作应该是彻底让于慕岚明白了他的意思。看到棉花猪蹄煲再没有回复，他拨通了冯宇诚的电话。

"老冯，我出了点小插曲。"徐衍把刚才发生的事情，原原本本地告诉了冯宇诚。电话那头的冯宇诚说道："徐衍，如果你今天说出了姚念菲，我第一个揍你，还算是个男人。"徐衍问道："接下来怎么办？"老冯不疼不痒地说了一句："把于慕岚娶了。"

电话那头沉默了很久，徐衍完全是愣住了。这句话他听过，是他自己说的，曾经，他也是这么决定的，他想过，无论发生什么，他都永远爱她，今生今世只爱她一人。

他握着电话的手心忽然痒痒的，曾经，无论是在人潮拥挤的大街还是空无一人的小巷，他都不会松开她的手。这双手，为她剥过栗子、剥过虾、剥过橘子还有鹌鹑蛋，这些都是于慕岚最爱吃的，只要是徐衍能做的，他都愿意为于慕岚做。一切都是为了她，但现在的他似乎已经完全背离了初衷。

隔了半晌，他问道："那菲菲呢？"冯宇诚说道："姚念菲自有她的幸福，你离远点儿。"徐衍的口气有些酸酸的，说道："老冯，是你吗？""是我怎么样？"徐衍摸了摸窗玻璃，然后说道："是你，我就放心了，我怕菲菲难过。"电话那头的冯宇诚叹了一口气，说道："徐衍，不得不说，你这话真渣。不是我，你也别管了，她不需要你放不放心的。"

窗外一片死寂，徐衍能听到隔壁会议室打字的声音，还有纸张翻页的声音，混合着小小的交谈声。他看着桌上的全家福，他现在都没有一个可以随时说话的人，他有些紧张，有些情不自禁地恐惧了起来。办公室那块玻璃被保洁阿姨擦得太过干净了，一切都太容易暴露在阳光下，无所遁形。

寻找大 V 之新的达人

寻找棉宝的事情暂时告一段落,严予慈也开始消极怠工了。此事既然暂且作罢,那么姚念菲又开始为她的工作发愁了,现在她有更多的时间思考工作的事情。晚上严予慈和姚念菲严肃地在宿舍面对面坐着,严予慈觉得,姚念菲真的需要冷静思考一下这件事情,现在距离毕业还有一个多月的时间,再不抓紧就有点说不过去了。

严予慈有模有样地拿了一本本子,跷着腿坐在姚念菲的对面。"我们模拟一下,我问,你答。"她上下打量了一下姚念菲,两人都穿着睡衣,这个场面着实有些让人发笑。她用笔指了指椅子,用命令的口吻对姚念菲说道:"坐椅子的三分之一,胸挺直,不要靠在那个椅子上,没有精神。""抬头,挺胸,收腹。"严予慈架势十足,说完,又歪着头看了一遍,只见姚念菲的手分别放在两个膝盖上,样子像个小学生，"你的手，合十，放在这里。"姚念菲按照严予慈说的，一步步做着。严予慈满意地点了点头，视线又聚焦在了姚念菲的发型上，"明天，陪你去吹个头发，你看看你，都是小绒毛。"

严予慈清了清嗓子，正襟危坐："同学，欢迎来我们公司面试，首先请你自我介绍一下。"姚念菲对着严予慈说道："我叫姚念菲，是江州大学外文学院的学生，主攻西班牙语。"还没说完，姚念菲就弯下了腰，疯狂地笑了起来，严予慈见状咳咳咳了几声，示意笑场的姚念菲要稳住。姚念菲忍住了笑，深吸一口气，接着说道："我还擅长英语、法语，在学习期间有过10场西班牙语的交传经验。"姚念菲一边说着，一边嘴角抽搐着。严予慈生无可恋地瘫倒在了椅子上，把笔记本甩在了桌上，"我不陪你玩了，反正你有人养着。"

姚念菲赶忙站了起来，她笑得有些肚子疼，说道："小慈小慈，我错了。"严予慈看了一眼姚念菲，说道："这个太尴尬了，我们还是一起看看招聘通知吧，筛选一下。"姚念菲已经面试过很多岗位了，电视台、银行、外企、国企，还去公务员考试打了个酱油。"这网撒得也算是够广了，但也没一个成功的。要不你继续读博士?"姚念菲白了严予慈一眼："博士也要找工作的,路子更窄了。"严予慈点了点头,说道："也是,万一不能毕业,难道再读一个博士？""你别总黑博士了。""要不,你去做老师吧。"姚念菲摇摇头道："我是最不能说教的。"严予慈摇了摇姚念菲,劝道："去试试吧,先去机构,先找个工作混着再说。"

这一次,姚念菲倒是选对了方向,4月末5月初,距离中高考还要一段时间,正是很多学生冲刺复习的时候,而这些辅导机构严重缺人。姚念菲当晚投了简历,第二天就被电话邀约去面试了。她一个学西班牙语的,能去教什么呢？严予慈说道："你就是太实在了,菲菲,高考你可是真刀真枪杀过来的,你怕什么？或者你去做考研辅导也行啊,你可是考过两次的人。"想到这段经历,姚念菲又回忆起了当时煎熬的过程,不过好在结果是好的。

鉴于上一次丁默陪姚念菲面试没有成功,严予慈笃定是丁默的气场不对,这次她自告奋勇陪姚念菲去面试。她先是带着姚念菲去吹直了头发,修剪了那个带着些稚气的前额刘海。接着,她又把自己的一套套装借给姚念菲穿,虽说有些不太合身,但粗看之下还是不错的。姚念菲的面试很是简单,做了张卷子,试讲了一次,面试老师就让她离开了。第三天,机构就打电话来让姚念菲实习,实习期是两个月，如果通过了，就可以正式入职了。由于是实习，姚念菲做起了白天打印习题、批改卷子，晚上陪学生写作业的工作。

学生下课一般是5点多，下课后就直接到机构学习。姚念菲很是心疼现在的学生，晚饭常常就是油炸垃圾食品或者是一碗拉面对付一下，然后就开始奋笔疾书，各科作业把他们都压得喘不过气来。姚念菲坐在桌子的另一边，等待着学生的提问，她一共负责两个学生，一个男孩，一个女孩，都是高中二年级，在江州的重点中学读书。

姚念菲第一次上答疑课的时候还是有些紧张的，万一学生问的问题自己不能回答该怎么办，她准备了很多资料，以及很多圆场的说辞。不过，让姚念菲感慨的是，这些孩子大多对于作业本身的内容都没有什么问题。他们更喜欢和姚念菲聊聊生活。"老师，我为什么还是单身呢？"当学生问出这个问题时，姚念菲四下环顾，毫无准备，有些被问蒙了。"超纲了，老师也不知道说什么。"学生叹了叹气，趴在桌子上，一只手枕着脑袋，一只手转着圆珠笔，"我不能问学校的老师，不能问父母，也不想问同学，我感觉你的年纪可以做我姐姐的。"姚念菲想了想，说道："我都快研究生毕业了，我为什么还单身呢，我也不知道。"她拍了拍学生的肩膀,"你怎么会想到问这个问题的?""哎,我同学他们都发朋友圈秀恩爱。""不怕父母老师知道吗?""屏蔽呗,或者发微博,父母也不会看的。"姚念菲点了点头,学生又道:"我看到他们发,就心里羡慕,都有点影响我学习了。现在有时候,我都不愿意看朋友圈了,没意思。"说完,翻了翻练习册,"算了,还是致力于学习吧。下次上网发帖问问。"继续低头写作业。

　　下班后,姚念菲还是老规矩,在图书馆的台阶前休息一会儿。这段时间,她可以放肆地想一想这一天发生的事情,想一想自己的对与错,爱与怨。最近,她几乎戒掉了手机,白天没有时间玩,晚上陪学生写作业时总不好意思一直看着手机。以前觉得,哪怕一秒钟不看,都会内心不安,现在习惯了没事不看手机,反倒是轻松愉快了很多。走在路上时也不会经常低头看屏幕,她甚至都注意到了草丛里面那种玫粉色小花,只觉得上一次注意,还是小孩子的时候。

　　姚念菲打开微博刷了刷,看看好友的动态,一天没有看,生活其实也没有什么大变化,她把手机放回了口袋里,自言自语道:"说到底,还是没了牵挂的人。"姚念菲起身,打算回宿舍,但忽然又坐了下来,她想起了那个学生的困惑。如果没有朋友圈，她还会困惑吗？

她打开了"果敢的菲菲女士"那个账号，发出了一条微博。

> 果敢的菲菲女士：#朋友圈逃跑挑战#敢不敢挑战关闭一周朋友圈呢？不发不看不点赞。来挑战吧，记得记录一下7天心情哦。

姚念菲刚点了发送，手机就立刻响了起来，是严予慈的电话。"姚念菲，你发的那是什么啊？""就是你看的啊。""哎，我不在你身边，你就乱涂乱写。快回来吧，那么晚了。"姚念菲挂断电话，起身走回宿舍。

活动发起的第一天早上，严予慈和姚念菲就在宿舍里面面相觑，这条不足50字的微博居然被顶上了热搜。严予慈对姚念菲说道："菲菲，你要成网红了。"姚念菲咬着饼干，咔嚓咔嚓的，没有言语。严予慈又道："你说，咱俩找大V，找了半天没找到，把自己变成大V了。是不是看着挺别有用心的样子，会不会被喷啊？"姚念菲的表情忽然间有些怅然，她只是摇了摇头，继续啃着饼干。她现在开始暗暗自责，自责昨天的莽撞。她又听到严予慈说："我们两个名不见经传的小朋友，居然这么轻易就上了热搜？"姚念菲本想说一下自己的担心，但被丁默忽然而来的电话打断了。她一下子就成了朋友中的焦点，接完了好几个电话，姚念菲打开微博看了看，活动的参与度噌噌上涨，好些账号都纷纷转发，姚念菲浏览起了这些转发，莫名的成就感居然涌上心头，这是以前从未有过的。想着自己也不是第一天在微博受关注了，但是这个标明了真实姓名的账号感觉更像是自己的，而另一个只不过是替身罢了。

＃逃跑第一天＃郑重宣布，这周逃跑，请原谅我没有点赞。

＃逃跑第一天＃消失一周，有事线下约见！

＃逃跑第一天＃感觉很难坚持，时不时就想拿手机看一眼。

＃逃跑第一天＃一小时后就失败了，手抖在朋友圈点了个赞。

＃逃跑第一天＃说实话，卸下了一个负担。

＃逃跑第一天＃过上了没有网络的生活，有些怪怪的。

＃逃跑第一天＃一个人吃饭的时候不知能做什么，还是想刷朋友圈。

＃逃跑第一天＃不看朋友圈的第一个小时，我看了一本书的第一章，久违的感觉，好像在和自己交流。

姚念菲看着这些转发，心里是颇为满意的。她渐渐产生了一种生活脚踏实地的感觉，她开始注意到了外界更多的变化，也不再那么关注自己的情绪了。

在这种事情面前，尹姐自然是不会爽约的。她在上午9点，不早不晚的时候拨通了严予慈的电话。自打上次见面会之后，尹姐已经失联了很久。她主动提出约她们见面，时间由严予慈说了算。

第二天，严予慈和姚念菲去见了尹姐。"说不定是有什么新消息了？"严予慈边走边说道。"我看不像是，要是有，她早在网上说了。"严予慈微微叹气，"是啊，都一个月了，早就没了热度。倒是你，发起了一个活动，再配上些酸诗，倒成了大V。"姚念菲拉了拉严予慈的耳朵，"什么酸诗，你懂不懂啊。"严予慈拿出手机看了看，又歪头想了想，"菲菲，你还别说，你挺有棉宝的味道的，文艺酸。""那你喜欢吗?"严予慈用食指勾了一下姚念菲的鼻子,"正合本宫心意。"说完,拉起姚念菲的手,风一般地往前跑去。

她们俩到早了,坐在凉棚下面等着尹姐。这家咖啡店还是老样子,经过一个月的生长,爬山虎更加枝繁叶茂了。姚念菲还在看着微博上的转发,她对严予慈说道:"其实每天打卡也是看朋友圈不是,我这个活动是有多无聊。"严予慈笑了笑,"我可以第二天打卡了,我虽然看了微博,但是真的没有看朋友圈。""什么感觉?"严予慈想了想说:"嗯,少了很多不必要的情绪,我有些理解王梓奇了,他从来不发。"姚念菲打了一下严予慈的腿,笑了笑,然后懒懒地半坐半躺在了沙发上。

叮咚,姚念菲的手机响了,她拿起来看了一眼,又看了第二眼,激动地跺起了双脚。她把手机伸到了严予慈面前,"你看你看,我成功了。"手机上赫然显示着电视台录取姚念菲的短信,并通知了报到确认的时间。严予慈张大了嘴巴,激动地抱住了姚念菲,这一刻,明媚灿烂!姚念菲的双脚还在激动地跺着,她放开了严予慈说道:"我要打电话告诉丁默!"然后拨通了丁默的手机,严予慈摇头叹气道:"连亲爹亲妈都忘了。"待姚念菲挂断电话后,她俩互相看了看,然后开怀大笑了起来。姚念菲已经快要忘记这种感觉了,那种头发掩面,笑到肚子发酸,笑到挤出鱼尾纹,笑到眼泪横流的感觉。

尹姐并没有带来什么有价值的消息,在她看来,一个月已经过去了,棉宝应该是不想再有进一步的行动,微博上,这个话题已经几乎没有了什么热度。尹姐倒是对姚念菲发起的活动颇感兴趣,"菲菲,我看好你,这个账号以后有发展哦。而且,我们办公室的都参加了,有意思。"严予慈点了点头,说:"尹姐,你知道吗?姚念菲被电视台录取了。""哦?"尹姐露出了一个更大的笑容,她满意地上下打量了一下姚念菲说:"回头活动结束了,我们做个专访吧。"姚念菲不好意思地看向了尹姐。

和尹姐见面结束后,姚念菲和严予慈往地铁站方向走去。"小慈,今天我们不回学校了,要不叫上丁默和吴雯靖还有王梓奇,我请大家吃一顿,我是最后一个找到工作的,我今天很高兴。""好啊!"严予慈立刻打开微信,挨个通知。通知完以后,严予慈用哀求的眼神看向了姚念菲。姚念菲没有出声,用嘴型问了问:"怎么了?"严予慈说道:"菲菲,我觉得尹姐已经放弃了。""找棉宝吗?"严予慈点点头,然后有些遗憾地说道:"你知道我还是想找的,我们还是有一个线索的,那个发帖的小提琴手。"严予慈看姚念菲不说话，又接着说道，"你还是会陪我的对吗?"

　　姚念菲没有看向严予慈，她忽然觉得自己有些对不起朋友，但现在让她承认自己就是棉花猪蹄煲，好像又不是最好的时候，但无论什么时候，似乎都不那么合适。姚念菲只觉鼻子有些痒痒的，她捏了捏鼻子，看向了身边草丛中那一丛开得正艳的桃金娘。

前篇：秒针嘀嘀嗒

事情的发生总是这样，在不对的时候，意外的地点，外加别扭的心情和不合适的搭档。

长假后的周末，严予慈拉上了吴雯靖和姚念菲一起去看电影。最近姚念菲一直神情恍惚，只知道看手机，看什么呢？看别人秀恩爱。姚念菲觉得自己快要发疯了，她每天好像在海上似的，过着一浪高过一浪的日子。徐衍有了问题，可以问棉宝，而她呢？她可以告诉严予慈，可以告诉丁默，甚至是老冯，但是她应该怎么开口说这件事儿，尤其是偷偷摸摸地做微博，其中的细枝末节、弯弯绕绕，让姚念菲说不出口。

但有时想来，她根本也没有说的资格，她只是徐衍的一个故人，一个样貌普通，能力普通的故人。就算他们之间曾经立下过海誓山盟，就算曾经无话不谈亲密无间，分手也只不过是简简单单的一个词,姚念菲扪心自问,自己也是有奢望的。

周末的地铁是难以形容的,每停一站,都是一群群蜂拥而至的人,蒸桑拿般的一股股热气扑面而来,再加上某种让人眩晕的气味,实在是不好受的。比起在周末出门,姚念菲可能更喜欢宅在宿舍。三人好不容易从地铁上下来,等电梯的时候人又多,来了好几趟都没有挤上,看来,今天看电影注定是要迟到了。三人摸黑进了放映厅,赶紧坐了下来。姚念菲的心思本来就不在看电影上,这样的黑暗倒是不错,让她终于有时间定了定神,转移一下注意力。

姚念菲看着看着屏幕,视线忽地就落在了前面人的后脑勺上,脑袋的形状很是眼熟,她定睛看了好久,这,不会是徐衍吧。天哪,可能是徐衍。要不要确定一下?算了算了,徐衍左边是个男的,右边是个女的,应该是和那个女的一起来的。

她真想直截了当地问一下,但强烈的不安全感告诉她这么做是不合适的。她强迫自己把视线放回到屏幕上,心里道:是电影不好看吗,为什么要看人的后脑勺?但几分钟后,那被强压下的好奇心便又窜了出来。她大着胆子踢了踢前面人的椅子,那个人往上坐直了一点儿,姚念菲看得更清楚了,真的是徐衍。她闭上了眼睛,在心里反复念叨着:看电影吧,别看前面,看电影吧,别看前面。千辛万苦又花了大价钱,不能来看别人的后脑勺。

姚念菲的眼珠子不断地从屏幕移到前面,又移上了屏幕,她不能忍了,摸索出了手机,登录了棉宝的账号。她瞟了一眼身边的严予慈和吴雯靖,两人都死盯着屏幕,她的小动作应该是不会被发现的。她进入了私信,点开了"断联的风筝",给那个账号发去了一条私信。

  私信 来自棉花猪蹄煲:如果我现在就站在你面前呢?

几秒之后,前面的人掏出了手机,开始打字。

  私信 来自断联的风筝:开玩笑的,最近又开始纠结了。

果然是徐衍,他旁边的女生往他那里看了一眼,徐衍快速收掉了手机,对身边的女生抿嘴一笑。姚念菲的心里犹如千军万马奔腾而过,电影的声音都不能掩饰她怦怦的心跳，她甚至都觉得自己的手在抖，好像有些低血糖的样子。不行，必须离开，如果现在不离开，那么一会儿是算作认识还是不认识呢？

姚念菲对身边的严予慈说道："小慈，我想上厕所。"严予慈连看都没看她，只是握了握姚念菲的手说："马上就结束了，憋一会儿。"姚念菲的声音稍微急切了些，又说道："我现在就想去。""闭嘴姚念菲，憋一会儿。"吴雯靖按住了姚念菲。姚念菲有些丧气地靠在了椅背上，她安慰自己：没事儿，一会儿人多，混出去就好，混出去。走在徐衍的背后，他不会发现自己的，发现了也没关系，装作不认识。

终于散场了，姚念菲戴着 3D 眼镜不肯脱。

"你干吗，憋傻了？"严予慈动手脱了她的眼镜。"好玩，再戴会儿。"姚念菲又把眼镜戴了上去。严予慈推了推她，说："快走，你不是想上厕所吗？"姚念菲往前排看了看，那一排还没有动，外面坐着个小孩，有些慢。姚念菲心想，先跑更好，先跑更好。

姚念菲开始快速地下台阶，严予慈走在她的边上，吴雯靖走在最前面，突然，不知从哪里蹿出了一个孩子，从侧面撞向了姚念菲。姚念菲本就紧张，再加上戴了一副 3D

眼镜，左脚踩到了右脚，绊倒了。旁边的严予慈立刻拉住了她，而她背在后面的包被另一只手拉住了。徐衍一眼就认出了姚念菲，他正想喊她的名字，嘴唇上下动了动，但没有发出声音。三人回头对徐衍表示了感谢，徐衍做了个"请"的手势，依旧跟在姚念菲她们身后出了电影院。

从洗手间出来后，姚念菲一行人往电梯方向走去，可恶，徐衍不知什么时候走到了她们的前面，如果在电梯里见面了，那真是太尴尬了。姚念菲立刻提议道："我们去那家店看看吧。"吴雯靖点了点头，表示赞同。

正当姚念菲转弯走向那家店的时候，前面的女生回头看了一眼，姚念菲正巧也往她的方向看了一眼，两个人眼神直勾勾的，那一下应该是传达了丰富的神情，只是在旁人眼里，她们俩都是面无表情的，而从这一刻开始，所有的猜测都被串联了起来。

车子停在了地下车库，徐衍熄火，"点外卖吧，我看你也累了，就别做饭了。"于慕岚没有回答，也没有下车的意愿，她如同一台制冰机，浑身散发着冰冷的雾气。一个冷静的声音传入了徐衍的耳朵："徐衍，给我一个名字，就一个姓。"徐衍的表情显然很不耐烦，他说道："于慕岚，你有病啊，我说了几万遍了。"于慕岚冷笑道："徐衍，你想分手就分手，想复合就复合，你也太随心所欲了。"

"那你走吧。"徐衍有些咬牙切齿起来了，他上扬的嘴角现在正以极其难看的弧度憋着一股戾气，那双丹凤眼死死地盯着前面空白一片的水泥墙，周围弥漫着地下车库里特有的污浊气息，徐衍只觉脊背发凉。

"走？说得这么轻巧，看来是哪位小妹妹等不及了？网上那位？微博上那个天天发暧昧私信的？"于慕岚嘲讽的语气又加重了几分。徐衍看向于慕岚，说道："你怎么现在说话这么难听。"

于慕岚偏头看了一眼徐衍，她那好看的粉色嘴唇微微颤抖着，眼睛里含着一点点的泪水，眼睛下面的那一颗泪痣好像在抱怨着什么，她哭腔浓重，声音不再冷静，断断续续地说道："徐衍，你从来都没有看得起我。你们家！你们家也从来没有看得起过我。"她又把头偏了过去，用中指按了按眼周，优雅地抹了抹眼泪，"我听说，大学的时候，你喝多了酒，对别人说，我衣柜里最贵的一件衣服是你给我买的。"于慕岚哽咽了几下，又说道："试问我的家庭条件，哪里比你差了，我从小学琴，和你一样去英国留学。但是，你们家人就是看不起我！"于慕岚说完，捂着脸失声痛哭。

徐衍点燃了一根烟,他是很少抽烟的人。于慕岚把那根烟扔出了车窗,"不许你抽烟。"徐衍看着空空的手指,无力地说道:"你到底要怎样?"所有的伪装在这一刻都被扯下,他们之间已然是千疮百孔了。

"徐衍,我走了。但是,我要你,我要你从心底里,重新把我追回来。"于慕岚摔门而出,高跟鞋声回响在空荡的地下车库,每一下都很重,狠狠地踩到了底。

"姚念菲,死菲菲,死猪,你快起来。"正在睡午觉的姚念菲被严予慈从床上拉了起来,只觉胸口的气完全堵住了,严予慈的声音就像夏日讨厌的蚊子般,嗡嗡嗡地环绕在耳边。姚念菲看了一眼手机上的时间,才睡了 20 分钟。她用慵懒带着些责备的语气对严予慈说道:"干吗啊?"严予慈像个小机关枪那样,飞快地说着:"带上电脑,马上去咖啡厅。"见姚念菲仍旧纹丝不动,就伸手去扯她的床单,"快点姚念菲,吴雯靖丁默王梓奇都在呢。"

在严予慈的拖拖拽拽、催催嚷嚷下,姚念菲终于在 5 分钟内搞定自己,并且出门。嗡嗡嗡,姚念菲的手机一直在震动,从起床到现在,她还没来得及看手机,现在心里也一直纳闷呢,今天怎么那么多私信通知。

　　严予慈从咖啡厅的侧门进入,推开门,一股温热的气息迎面而来,大中午的,仍然有很多人在自习。其余几个人都已经到了,他们占了一个好位置,是靠墙角的,比较安静,没有人打扰。几人见到姚念菲和严予慈过来,纷纷往座位里面靠了靠。严予慈双手一拍桌子说:"开始!"

　　丁默悄悄地对姚念菲说:"菲菲,不管他们,我们聊天儿。"对此情此景,姚念菲还有些摸不着头脑,她问道:"发生什么了?"口袋里的手机还在震动,她打算先处理一下这些消息,正在她掏出手机的那一刻,吴雯靖摇摇头说道:"一看你就是睡傻了,棉宝上了热搜。这上热搜的也不全都是好事儿。"严予慈接着说道:"有人发帖说棉宝破坏别人婚姻,是个彻头彻尾的小三。"吴雯靖看着电脑又说:"帖子是上午发出的,现在已经飞升上了热搜,全网已经开始人肉了,形势不大妙啊。"难得说话的王梓奇都开口道:"万一被找到,可是惨了,什么都扒了出来。"

　　丁默撑着头,侧着身子看着姚念菲说道:"菲菲,我们不要管这些,不要看,不要听,太乱了。"他的一只手偷偷地摸了摸姚念菲飞散在手臂上的几缕发丝,在这个火药味浓重的中午,显得是那么唐突。

说实在的，刚才的信息让姚念菲一下子呆住了，正在掏手机的手停住了，她把手机上的静音键往上拨了拨，然后把手从口袋里抽出，她的心跳得很快，双手冰冷，还有些僵硬。手机里棉宝的账号还在登录状态，没有退出。

在严予慈的催促下，姚念菲准备打开电脑，但她犹豫了。她有些记不清昨晚电脑上的棉宝账号到底有没有退出，丁默现在就靠着她坐，眼睛时不时地往这里瞟一眼。难道她这就要暴露了？姚念菲脑袋开始飞速地旋转，希望能够找一个不开电脑的理由搪塞过去。严予慈的手在桌上敲了敲，然后站起来要帮姚念菲开电脑，嘴里还念叨着："快点快点，一起回帖，还有丁默。"

姚念菲硬着头皮，心里祈祷着，菩萨保佑，佛祖保佑，神仙保佑。她眼睛一亮，还好，昨天已经退出了，她点击了下拉菜单。

"菲菲，你还有两个账号啊。"丁默把头凑了过来。

"哦，那个是我妈的，她有时用我的电脑。"姚念菲这个拙劣的理由，让她自己都禁不住想发笑。

姚念菲点开了热搜榜，那一瞬间，她脑袋空白了。热搜榜第3，#棉花猪蹄煲小三#。姚念菲用手撑住了额头，她快要喘不过气来了。

"你们给力点，棉粉都上啊。"严予慈的声音略带些焦急，"王梓奇，你快点啊，你不是学计算机的吗，查查，是谁。"王梓奇用带着些无奈的口气说道："上面都写着呢，人家实名发帖的。也没什么好查的。"

姚念菲还在盯着那个帖子看，发帖人的微博号是"巧克力派"，青年小提琴演奏家于慕岚。帖子的内容是：她在和未婚夫逛街时撞见小三，未婚夫每天和这个账号聊天，长达4年之久。找出小三，当面对质。

丁默侧着身子说道："我看你们也别回帖了，回个帖子也没什么用。就搜搜这个于慕岚是谁，然后再问问周围人她这个未婚夫是谁，这不很容易就知道棉宝是谁了。""这个棉宝可能是个团队呢。"吴雯靖忙道。"这个可不一定，可能就是个默默无闻的普通人，也可能是个本就非常有名的人。"丁默补充道。严予慈根本没有理睬他们的建议，说道："你们先别研究了，先回帖吧。"丁默啪地一拍桌子，大声说道："行，来，一起当脑残粉，管他出轨没出轨。是不是啊，菲菲。"

姚念菲盯着屏幕，她根本没听见他们在聊什么，她的嘴巴微张着，双腿麻木，脑袋发蒙，人生就是有这么多的巧合。这个她个人运营了很久的账号，在后台是实名认证过的，如果被扒出来，她该怎么办。姚念菲的眼前飞快地闪过了一屏的回复，一条一条。

"小三，棉宝肯定有问题，人肉出来。"

"我最恨小三了，垃圾，还装文艺。"

"难怪每天坚持不懈地早安晚安，原来是写给情郎的。"

"太气人了，利用自己的人气勾搭别人老公。"

"我结婚后最不能忍受的就是小三，找出来，滚出微博。"

"渣男，绿茶。"

"棉宝不是这样的，棉宝是我们的温暖。"

"我最难的时候都是棉宝每天给我打气。"

"原来是实战经验丰富，要不都不好意思做情感类博主。"

"这女的肯定是诽谤，告她。"

"建议棉宝把评论关了吧。"

"棉宝肯定很伤心，没事儿，我们陪你。"

"人家都实名发帖了，肯定有证据，人肉棉宝！"

"人肉小三，渣男，下地狱。"

这些字一行一行地从姚念菲的眼前闪过,就好像一针一针地扎在她的心里,她忽然明白了什么是脑袋空空的感觉,那种迫切想要思考,却什么都无法想起来的感觉。她只觉从喉咙到脚尖都被紧紧勒住,无力动弹。

"菲菲,菲菲,你听见了没有。"严予慈一边喊着,一边在桌子底下碰了碰姚念菲的鞋。姚念菲从一阵恍惚中惊醒,这是一场才开始的噩梦,接下来,她可能被人肉出来,她发过一条定位,但现在不能删了,删了就更明显了。如果徐衍顶不住,说了出来,姚念菲该怎么办。再说,她根本不是小三,她没有去撩拨谁,更没有想抢夺什么。

"我们怎么回帖,不是说要一致的吗?"吴雯靖问道。"这种就随意发挥吧。这个于慕岚说不定是贼喊捉贼呢。要是真有证据,早拿出来了。"王梓奇的这段分析颇有些道理,引得严予慈都要对他刮目相看了。

  长颈鹿先生:回去问问你家先生不就知道了呗。

丁默的回复很快就得到了很多点赞,他吹了一声口哨,舒服地把手枕在头后面,悠闲地靠在了沙发上,说道:"你们看,风马上从另一个方向吹来了。"

"就是，回去问你家先生，问不出来吧。"

"说不定是贼喊捉贼呢。"

"可能是蹭热度的，毕竟自己只有800多粉丝。"

"小提琴家下月要开演奏会吗？提前预热吧。"

"真是服了，棉花猪蹄煲明显是个团队做的，神经病吧。"

"也没说未婚夫叫什么，指不定自己是小三。"

"棉宝这个名字就够腻歪的，估计不是什么好人。"

"棉宝又要涨粉了吗？这波操作很溜啊。"

"棉宝是个团队吧，估计现在一屋子人正在纳闷呢。"

"万一棉宝是个男的就尴尬了，晚上回家跪方便面了。"

"是个有情调的渣男，还看棉宝的微博。"

"渣男内心肯定是柔软的。"

"这个于慕岚也不说自己男朋友是谁，奇怪不？"

"说不定是哪位当红小鲜肉。"

"于慕岚小心自己成了小四。"

"支持棉宝，我粉了5年了，没有理由，就是喜欢。"

姚念菲现在不知道该做什么，今天晚上还要更新吗？更新的时候是不是能查出什么，她是不是要被封号了？这是她从本科时候就开始做的微博号，如果被封了，她的心血全都没了。但相比较封号而言，她更担心被人肉。看到回帖中对她支持的帖子，又稍许有了些安慰，毕竟她不是孤立无援的，她也是有朋友的。姚念菲突然感到衣服口袋里一阵震动。紧张的情绪立刻又在她的周身蔓延开来，这个时候谁会给她打电话呢。

姚念菲起身说道："我出去接个电话。"丁默看了一眼姚念菲，也要起身陪她一起去，严予慈一把伸手拉住了丁默。"你，丁默，你好好地给我回帖，刚才的帖子很不错。姚念菲导师最近催得紧，你别去听。"姚念菲暗自松了口气，只觉心里缓和了一些。心想，小慈还真是自己的贵人。

姚念菲推开咖啡厅的后门，来到走廊的角落里，对方已经挂断了，显示的是冯宇诚。姚念菲的心情瞬间又紧张了起来，七上八下的，她只觉得心已经跳到了嗓子口。她按了按自己的胸口，背靠角落，蹲了下来，然后按下了回拨键。

"老冯。"姚念菲不知为何，声音居然有些沙哑，断断续续的感觉。电话那头的男声语速平缓地说："菲菲，最近好吗?"姚念菲按部就班地回答道:"挺好的。"对方停顿了一些时间,然后问道:"你最近跟徐衍有联系吗?"姚念菲抬头看了看发黄的墙面,她知道冯宇诚是在拐弯抹角地问她和徐衍的进展,"最近忙着做论文呢。"冯宇诚忙说道:"哦,那就没什么事儿了,我再问问他公司的秘书吧。"说完,就挂断了电话。

姚念菲的太阳穴牵着头皮发疼,她的腿蹲麻了,老冯是来确认自己是不是和那件事有关,她这时真是恨死自己了,为什么自己会有那个莫名其妙的账号,又为什么会几次脑袋发热,回复了不该回复的内容,证实了不该证实的事实。她真想拿个榔头捶自己几下,但转瞬一想,自己明明什么都没做,这个锅本就该是徐衍背的。

忽然,姚念菲面前出现了一双大长腿,运动鞋。一个明朗的声音说道:"菲菲,怎么了?不会是被导师骂哭了吧?"姚念菲站了起来,没有说话,丁默摸了摸她的头说道,"没事儿,毕业了,你还会想你导师的。"姚念菲向丁默挤出了一个笑容,往咖啡厅走去。

整整一天,严予慈都在联合着粉丝们一起对战,但这个对战也没有什么结果。姚念菲一直在思考,今天的晚安微博还要发吗?她现在已经镇定了很多,没什么大不了的,自己是大V，不怕，粉丝都是自己一点一滴积累起来的，再说了，就算是知道了自己曾经和徐衍嘘寒问暖过，也没什么。只是徐衍，这个朋友，怕是以后做不成了。而自己和徐衍发的短信，不知道他有没有删了，万一被发现了，她姚念菲名声就毁了。她摸了摸自己的刘海，扶了扶眼镜，自己也是没想到有一天居然被戴上了小三的帽子。她拿起桌上的可乐，一口气喝下了一瓶，打了个大大的饱嗝。

"我的可乐。"丁默拿起那个空空如也的瓶子，不过又看了一眼姚念菲，然后笑道："好了，这下气全部都出掉了。"

另一头的徐衍刚忙完，正在和公司团队一起吃午饭，团队的人都在叽叽喳喳的。"哇，江州的新闻啊！""什么新闻，昨天通宵了一晚上，还有心情看八卦。""徐总，我们江州的管弦乐队的小提琴手，在微博上说自己被三了。""徐总你看，还指认了一个大V。""这个女的，好眼熟，我好像在哪里见过。"大家七嘴八舌地说着，有的人还把手机伸到了徐衍的面前。

橙子正好端着盒饭走进来，她看了眼桌上的手机，压抑着眼中的震惊，快速地瞄了一眼徐衍。徐衍面色凝重，一直在咬着嘴里的那块肉，他腮帮子狠狠地发力，好像要把牙齿咬碎一样。橙子低头看了看自己的鞋,今天她穿了一双粉蓝色的高跟鞋,她抬起头,把头发往后顺了顺,面带微笑地对徐衍说:"徐总,有人在会议室等您。"徐衍一愣,然后吞下了那块已经咬得稀碎的肉,寡淡无味,一阵恶心,咽喉处只觉异常难受。

"今天,我约了……"徐衍瞬间反应过来了,毕竟橙子是跟了自己4年的老人了。橙子走上前去帮助徐衍收拾好了餐盒。

徐衍离开了办公室,快步走向了电梯,冲向了停车场。一脚油门,随即又一脚刹车,他应该去哪里,找于慕岚问清楚吗?不行,老冯说得没错,他根本控制不了这个人。还是先回家吧,先稳住自己的情绪。

回家后,徐衍拨通了于慕岚的电话,低沉的声音有些机械:"你在干吗?"于慕岚在电话那头先是嘻嘻一笑,然后说道:"亲爱的,你终于给我打电话了。"这句话分明带着些许挑衅的味道,好像有只蚂蚁正从脚踝处往上爬,徐衍的音调在歇斯底里的边缘挣扎着:"我说,你在干吗?"于慕岚的声音有些慵懒:"我在想你啊。"

徐衍对于这样的回复显然是有些招架不住了,他叹气,然后问道:"网上怎么回事儿?""我不是说了吗,我要一个名字,你不给,我只能自己去问了。"于慕岚说得理所应当。徐衍的手撑住额头,太阳穴在一跳跳的,他摸了一把脸,然后说道:"你这是网络暴力,诽谤,别人可以起诉你的。"于慕岚立刻说道:"我不怕,我是受害者。"徐衍无奈地重复了说过很多次的句子:"我都跟你说了,没有别人,没有别人。"于慕岚声音变大了很多,她尖声道:"我不信,徐衍,你眼里,就是有别人的样子。你自己看看你的微博,你都在@些什么人?你不承认都没有用,我就是要说,要在网上狠狠地说。"徐衍愤恨地说:"如果被别人知道了是我,我的脸往哪里放?"于慕岚觉得,现在一切都不重要了,她很快就要接近胜利果实了,她答非所问地说了一句:"徐衍,我说了,你一定会重新追回我的,至于那个名字,你想好了就告诉我。我等你,永远。"

徐衍把手机扔向了远处,手机掉在了阳台绿萝的盆里,在泥里轻轻地着陆,毫无声响。他怔怔地看着那个手机,忽地有些莫名的紧张,这个账号不会真的是姚念菲的吧,她好像曾经问过他玩不玩微博,如果真是姚念菲的,徐衍不敢想接下来会发生的事情。但不会的,姚念菲如若是个大V,一定会告诉自己的,她是藏不住话的人,她现在只是个学生,没工作,也不爱出风头。这个号应该不可能是她的，徐衍很想打电话给姚念菲问个明白，但他现在没有力气去拿那个掉在盆里的手机。

徐衍一直呆坐到晚上10点半，一条准时的晚安，徐衍放心了，看来，棉宝应该是个团队，于慕岚的事情，过几天就会被淡忘了。

  棉花猪蹄煲：#棉宝晚安#孤独无助的时候，也是有人陪伴的。晚安。

徐衍舒了口气，看来这件事对棉宝影响不大，今天总算是熬了过去。徐衍下定了决心，他和于慕岚是一定要结束的。他打算给棉宝说一说自己的决定，也算是对于自己的一种提醒。

  私信 来自断联的风筝：棉宝，今天还好吗？我不再纠结了，这次真的决定了。

他等了很久，都没等到棉宝的回复，这个夜晚，他又格外孤独。

自从那日从咖啡厅出来之后，姚念菲就没有离开过宿舍，吃饭靠严予慈外带或者外卖到宿舍楼下。严予慈对于姚念菲忽然转变为资深宅女很是迷惑，姚念菲甚至抛弃了她最为钟爱的早饭。不过，说实话，严予慈并未觉得有多糟糕，因为她终于有了睡到自然醒的时候。姚念菲对于自己发生改变的原因是清清楚楚的，现在的她极度缺乏安全感。她担心自己被扔臭鸡蛋、烂菜叶，担心自己在网上被口诛笔伐，担心自己在同学朋友面前抬不起头来。

　　姚念菲的害怕也不无道理，这条信息在热搜上住的时间越长，更多的细节就越有可能被挖出来。上热搜第二天，就有人在微博底下留言回复，认证了于慕岚在大学期间曾经有个男朋友，但现在分没分手不知道。接着，这条评论就获得了最多的赞，继而，又有一个新注册的微博号回复了这条评论，下面赫然写着："男主我认识，这里就不说名字了，是一个公司的老总，富二代，两人以前一起留过学。"后面跟着一连串的评论让姚念菲都快要不敢看下去了。

　　"小三是谁啊？"
　　"男女主我都认识，好像没听过有小三。"
　　"男主人挺不错的，积极向上，不像是出轨的那种。"

"不会吧，男神女神要分了吗？我也认识。"

"真的吗？感觉男主女主不像是这样的人啊。"

"不会是告白前的恶作剧吧。"

姚念菲心里很是紧张，万一谁管不住嘴，说出了徐衍，徐衍为了自保，说出了她，那她岂不是小三坐实？不会的，徐衍应该是够哥们儿的。姚念菲就这样，想着想着，看着看着，在宿舍蹲了好几天，论文是一个字都没有动，更别说有什么新的思路了。

又过了几天，严予慈实在是有些看不下去了，她问道："菲菲，你修仙吗？"姚念菲懒懒地回道："我写论文。"严予慈走到姚念菲的座位后面，说道："你也稍微出去动动啊，屁股都坐扁了，来来让我摸摸。"然后开始了一番打闹。筋骨松落以后，姚念菲居然有种全身放松的感觉，她真的太紧张了。深深吸了几口气后，姚念菲拍拍胸口，坐到了椅子上，她看了一眼贴在墙上的日历，已经过去8天了。这条微博也在3天前从热搜榜上下来了，这件事情应该算是平息了吧。其他的热搜早就把这个热搜的风头盖了过去，发起人自己好像也不再那么感兴趣了。但严予慈还是有些不死心，一直在关注这件事情，她坚信，这个"巧克力派"一定有什么不可告人的目的，并且会有后续的很多行动。身为粉丝协会副会长，她必须时刻保持警惕。但严予慈的警惕对于事件本身而言，是不会产生任何实质性的影响的。

姚念菲不禁有些自我陶醉，想不到自己藏得这么深，居然没有被人肉出来，心里不免也是有些畅快。想想也是，自己也并非什么名人，被挖出来的可能性微乎其微。又或者说其实也没太多人真心关心自己。但看到粉丝的鼓励，她的心头还是暖暖的。她暗自下决心，无论今后发生什么，这个微博账号她会坚持不懈地做下去的。她又往下看了看私信，忽地，心里又开始惴惴不安了起来，断联的风筝怎么还是阴魂不散呢。

姚念菲觉得她应该放下这个突如其来的手榴弹，她对严予慈说道："小慈，晚上去吃麻辣香锅怎么样？"严予慈兴奋地说道："可以啊，你终于开窍了，叫上丁默，让王梓奇请客。"学生的快乐总是那么简单，一顿简单的美食，整个世界就能够明亮起来。

学校旁边的这家香锅店人很多，外面排了一长串的队伍，店里大家都吃得热火朝天。一众人闷头吃饭，还一边玩着手机，没有人说话，只听得辣得刺溜刺溜的声音。

"我天哪！"严予慈啪的一声放下了筷子。桌上的人都看向她，表情是一种呆滞的惊讶。"有人私信给我，说她知道于慕岚的男朋友是谁，说以前是江州中学的校草，让我们去手撕渣男，保护棉宝。"姚念菲正好咬了满满一口花椒和辣椒，血一下子涌上了喉咙和鼻腔，被呛得开始了咳嗽。丁默递来了纸巾和水，拍着姚念菲的背。严予慈略带嫌弃地看了一眼姚念菲说道："你激动个什么。"

"哇，不得了不得了，江州中学。"严予慈还在碎碎念着，吴雯靖忽然提醒道："姚念菲，你是江州中学毕业的，你应该认识啊。"丁默重重地放下了筷子，说道："认识个大头鬼啊，菲菲眼里只有我。"丁默的解围突然让姚念菲的神经更紧张了，莫非他知道些什么，姚念菲又猛喝了一口水，把食道里的花椒味道再努力冲散一点。

现在，全桌子的人都在看着姚念菲，她先转头看看丁默，然后看看王梓奇，最后又看看严予慈，"你们不要这样看着我，学校那么多人，我怎么会认识呢。"严予慈不可思议地看着姚念菲说道："这么帅的你不认识？"王梓奇突然说了句："你怎么就知道帅呢?"严予慈用手指轻轻戳了戳王梓奇的脑袋,"人家都说了是校草,再说,能让女人这么疯狂的,肯定是长着一张魅惑的脸。""也有可能是渣啊。"丁默看了一眼严予慈说道,严予慈向丁默飞来了一个大白眼,随即恶狠狠地夹了两块午餐肉。

这一顿饭姚念菲吃得心不在焉,严予慈认为姚念菲是被辣傻了,回学校后,给她买了一大瓶酸奶。除去刚才发生的事情,更让姚念菲心烦意乱的是徐衍又找她了。在她的手机里,正躺着一条徐衍发来的短信,这条短信上蹿下跳地一直骚扰着姚念菲的神经。她在心里设想了很多种情况,甚至担心是不是徐衍的手机被别人使用了,现在仍然是风口浪尖的时候,选择无视便是最好的回答。

严予慈又准时蹲在了电脑前,她看着这些天风平浪静的微博,对姚念菲说道:"菲菲,我最近在想,棉宝的账号可能真是一个团队的。你想,抓小三这种虚无缥缈的事情,说不定只是自己炒作自己。棉宝这个号最近又涨粉不少。"姚念菲又刷了刷网页,热搜已经下去了,账号又恢复了往日的平静,只要不再去追究,一切就都会过去。她又拿起手机看了看徐衍的短信,然后按了删除键。

棉花猪蹄煲:#棉宝晚安#烦躁的时候吃一口辣

椒，为什么呢？辣椒可以掩盖很多味道，当只有一种味道时，很多的情绪也被掩盖，生活就简单轻松了。

更新完今天的微博后，姚念菲心情很是舒畅，正在她准备关掉软件时，私信的对话框又有了一条新的内容。

  私信　来自断联的风筝：棉宝，可以回复我私信吗？谢谢。

姚念菲想了想，还是开始了回复，她自认为，这是出于一种网络博主的职业道德。

  私信　来自棉花猪蹄煲：有什么问题可以帮助你吗？
  私信　来自断联的风筝：我已经做了决定了。
  私信　来自棉花猪蹄煲：那很好，下了决心就不要轻易改变。
  私信　来自断联的风筝：但我总是犹豫不决。
  私信　来自棉花猪蹄煲：你可以试着改变自己。
  私信　来自断联的风筝：谢谢你，我会的，变得更坚定。

姚念菲关闭了私信通知，屋外的风呼呼地吹着，还没有到真正的冬天，但她已经有些不耐烦今年为何不早些过去。她又打开手机看了看徐衍的微博，没有什么新内容，再回到短信页面，看了看，是空的。果然，大风能吹走的，都是飘浮的尘土，尘土怎可能抓牢啊，放下吧，姚念菲，就像老冯说的那样，不要和徐衍纠缠了。

但10天以后，姚念菲就背叛了自己的决定。徐衍连续不断的消息让她动摇了。究其原因，姚念菲也是想不明白。终于在第11天的时候，徐衍出现在了江州大学的门口。"菲菲，好久没约你了。想我吗？"徐衍的这个开场白让姚念菲有些惊讶，她干巴巴地回答："哦，我最近忙着毕业论文。"

姚念菲一路都很紧张，她不知道该怎样面对徐衍，是继续装作不知道，还是把所有的事情和盘托出。姚念菲纠结地左手握着右手，右手握着左手。她似乎听见了徐衍对她说了什么，好像是问她工作的事情，但又好像什么都没有听见，车子里是死一般的寂静。不，她听到了路上汽车偶尔的鸣笛声。

半路上，徐衍又被一个电话召唤回了办公室，姚念菲对于去公司这件事情很是不情愿，她对徐衍说道："你上去吧，我在楼下等你。"徐衍回头看了看脚步踟蹰的姚念菲，拉起她的手，拽进了电梯。

姚念菲坐在新装修的会议室里等着徐衍。阳光斜射进窗户，新家具散发出了些微的味道，是木头味，也混合着淡淡的油漆味，但不至于刺鼻，刚粉的白墙越发晃眼。

橙子姐给她拿了些点心，会议室里太静了，长长的会议桌显得尤为落寞，姚念菲一个人坐在角落里，她听见了手表嘀嗒嘀嗒的声音，又听见了自己的心跳声，她怎么就会一步一步地走到了今天。她回想着、分析着、反思着。门外渐渐响起了窸窸窣窣的脚步声，应该是散会了，但她好像被钉在了那张角落的小靠背椅上，一动不想动。

徐衍坐在空荡荡的会议室里，双手紧握，嘴唇紧抿，心情有些异样，他也和姚念菲一样，好像被什么东西重重捶在了椅子上，失去了站起来的动力。对于他自己的心意，现如今也是越发捉摸不透了。徐衍又想到了于慕岚昨日的微博状态，她这么快就找到了新的男朋友，于慕岚，她依偎在别人身边的时候，脸上是藏不住的幸福。徐衍开始了疯狂的脑补，说不定两人眉来眼去已经很长时间了，说不定是一起工作的同事，一起演出，一起排练，自然会产生感情。

徐衍打开了微博,这是今天他第几百次看于慕岚的微博了,于慕岚终于发了新的照片了。

巧克力派:和亲爱的一起演出,今天状态一定是满分。

配图:管弦乐队小提琴组照片。

徐衍点开了那张照片,于慕岚的身体微微侧向那个旁边的男生,头往反方向歪着,好像在撒娇的样子。她的嘴唇抹得鲜红,露出的右耳朵上,还戴着一颗珍珠耳钉,耳钉下垂着几缕银质流苏。徐衍按了下锁屏键,瞬间,一片漆黑。

姚念菲依旧在小靠背椅上坐着,面前的小点心是一点儿都没动,她想给徐衍发个微信,然后神不知鬼不觉地跑开,但想想又着实不太好。姚念菲拍了拍自己的脑门儿,给自己打入一些空气。她起身挪到了门口,公司的很多灯都已经暗了,间隔两间屋子旁边就是徐衍开会的地方,现在,那里面也是静悄悄的。

姚念菲走向会议室门口,望着中厅里的格子间,有一张桌子上放了一束鲜红的玫瑰,从会议室里漏出的少许余光打亮了它的周围,这束花成了这片黑暗中的主角。徐衍也正站在另一间会议室门口,两人都望向了同一个地方,发着呆。他们就好像两个平行空间的人,各自张望着自己的时空,不会再有交集。姚念菲拿出手机,鬼使神差地点开了徐衍的微博,一条新的微博,时间显示是1分钟之前,姚念菲的心跳到了嗓子眼,她突然有一种窒息的感觉。

　　断联的风筝:拥有的时候从未想过会失去,暂时失去的时候也从未想过会追回。直到现在,当真正的失去来临时,我后悔了,原来分手时的无情都是假装的,我越发痛恨自己,痛恨自己的迟钝木讷,痛恨自己的一往情深。

姚念菲抬起头看了看两边,这时候的她忽然明白了,她的离开是根本不需要找理由的,她应该蹑手蹑脚地溜走,悄无声息地消失在徐衍的世界里,对于他们而言,这无疑是眼下最好的选择。姚念菲思索片刻,理智被强烈的好奇心冲刷干净,她站在原地没有动,而是靠在了门框上,打开了于慕岚的微博。瞬间,姚念菲呆了呆,继而她无声地捂住了嘴，在小小的手里放肆她的笑声。原来是藕断丝连的前女友有了新欢，徐衍不甘心了。姚念菲放下捂住嘴巴的手，忽然间，眼神暗淡了，那鼓起的卧蚕也干瘪了下去，是啊，如果事情是这样的，那么她姚念菲算是什么呢？

姚念菲从斜倚着的门框上离开，站直了身体，转身走进会议室准备拿包，而此时此刻，一个不合时宜的声音在耳畔响起。"菲菲，走吧，我处理完事情了。"姚念菲心里嘀咕道，他确实是处理完事情了，还处理完了心情，但我的心情，该怎么处理呢？姚念菲拿起了小背包，转身对徐衍说："徐衍，我想早点回去。"徐衍走近了姚念菲，接过她手上的包说道："那总要吃饭的，楼下随便吃点吧。"

两人默默地坐电梯下了负一层，随便吃了两口面就离开了店里，姚念菲没有胃口，徐衍也没有胃口，两人好像有了前所未有的默契，没有过多言语。这顿味同嚼蜡的晚饭结束后，姚念菲提出自己坐地铁回学校。徐衍没有留姚念菲，也没有主动提出送她。他独自一人走在了街道上，他的脑海里又泛起了刚才于慕岚的笑脸，今晚，本该是他，是他站在于慕岚身旁，手捧一束鲜花，接受聚光灯照耀，没有人比他更合适。

路边，一个和他差不多年纪的年轻人正在唱着《人间》，他给了他 10 元钱，然后坐在对面的花坛上，听起了这首歌。人流从他面前经过，闹哄哄的，而他的脑海里只有那双眼睛，那双闪烁着星光的、带着一些小双眼皮的好看的大眼睛。这时候，他的心里已经没有了姚念菲。

姚念菲坐上回学校的地铁，按理说，她应该有些失落，但经过这么一圈弯弯绕，她现在更是好奇了，徐衍和于慕岚最后会怎样。姚念菲不禁向旁边歪了歪脑袋，正在这时，一个戴着帽子的年轻人靠近了她，姚念菲只觉闻到一阵香味，她向旁边撇了撇头，忽地一阵头晕，拉着扶手的手有些发软，两条腿也有些站不住了。这时，姚念菲站着的位置对面坐着的女生一把把她拉下了座位，用方言说道："佳佳，你怎么了？快坐下。"继而恶狠狠地看了那个年轻人一眼。姚念菲晕晕乎乎地下了车，那个女生扶着她走到了学校门口，姚念菲顿时感觉有些清醒了。

姚念菲看向了身边的女生，揉了揉太阳穴道："我怎么了？你是谁？""我也是江州大学的学生，刚才那个人应该是给你吸了什么东西。""难怪我晕晕的。""之前我舍友也遇见过，所以我一直很警惕。""谢谢你。"道谢后，两人各自往不同的方向走去。

姚念菲又走到了老地方,图书馆前的台阶。冬天的风太冷了,台阶的石头也凉飕飕的,她双臂抱紧了双腿,蜷缩成了一团,她心里忽然后怕了起来,刚才的事情若是没有人帮忙,后果不堪设想,今天真不是一个美好的日子。姚念菲的内心开始埋怨了起来,为什么自己总会遇到这些乌七八糟的事呢。

她打开手机,开始更新今天的微博内容,她该说些什么呢?风一阵阵地吹在了她的脸上,就好像针一样细细地扎着她的皮肤,姚念菲清醒了一些,她把脸深深地埋进了手臂里。

  棉花猪蹄煲:#棉宝晚安#吹一吹冷风,清醒一下,再躲进温暖的被窝,迷醉一下,晚安,亲爱的棉粉们。

很快,一条私信就来到了棉宝的账号。

  私信 来自断联的风筝:鱼和熊掌不可兼得吗?
  私信 来自棉花猪蹄煲:不负如来不负卿。

回复完私信后，姚念菲点开了徐衍的微博，3分钟前他又更新了状态。

断联的风筝：我真的好爱你，不是喜欢，是爱，我要说出来，让你吓得措手不及。其他的表达，此时此刻都太过苍白。

姚念菲只觉丹田里忽地酝酿起了一股情绪，但还没等情绪升腾到心口，她眼前又出现了那双熟悉的运动鞋，然后是一个蹲着的人，歪着脑袋看着她。"丁默。"姚念菲喊了一下这个人的名字。"哎，陪你吹冷风。"丁默说完就坐到了姚念菲的身边，姚念菲忽然觉得左臂暖暖的，那一刻她鼻子酸酸的，心里苦苦的，眼睛涩涩的。她对丁默说道："我们俩都像是无家可归的样子。"丁默跺了两下脚道："同甘共苦。"

而在这个城市最大的音乐厅，忙完演出的于慕岚正在和她的新男友一起走进地下车库。在车上，她划开了微博。两条微博映入眼帘，于慕岚的嘴角添了一抹上翘的笑意，对了，这才是她的徐衍，徐衍要追回她了。她看看身边这个男生，无论是学历还是外形，都不能和徐衍相提并论。"亲爱的，你住在自己买的房子还是和父母合住啊?"正在系安全带的男生停顿了一下，但还是老老实实地回答了，"自己住。""哦，这样。"

于慕岚看了看那两条微博，那抹笑意更深了。她随手点开自己的微博，删去了那条全网寻找小三的状态，舒服地往副驾驶座位上缩了缩，她最喜欢的事情就是坐着车看城市的夜景。这个冬季，温暖如春，其实回想起来，他俩的恋爱从一开始就没有一帆风顺，这种分分合合的戏码她和徐衍已经经历过 4 次了，这是第 5 次，没问题的，她坚信，她和徐衍最终一定会终成眷属的。

"去你家吧，我家有点乱。"于慕岚云淡风轻地对身边的男生说了一句。她再次打开手机，徐衍已经不再转发那个账号的内容了，她又看了那两条新的微博状态，把手机装进了包里。她的眼神有些得意扬扬，在于慕岚的脸上，这份得意扬扬也是别有风情的。

寻找大V之接近真相

#逃跑第七天#活动圆满结束，又回到了刷朋友圈、疯狂点赞的时候。

活动总算是没有虎头蛇尾，不过想来这只不过是一种形式，朋友圈还是如火如荼地发着，毕竟这是生活的一部分，想要完全丢弃掉，几乎是不可能的。而这次活动受益最大的恐怕要数"果敢的菲菲女士"这个账号了，粉丝数一下子飙升，严予慈看着那飙升的粉丝数说："菲菲，要不我们粉丝协会集体转粉你吧，这棉宝也算是找不到了。"但姚念菲知道，严予慈虽然嘴上这么说，但心里还是想着能够找到棉宝的，如果有机会，她应该是不会轻易放弃的。

严予慈果然是行动派，几天后，那几张狭长的门票就在姚念菲眼前晃来晃去，"菲菲，我们有希望咯。"姚念菲伸手拿过来一看，交响乐。姚念菲有些不可思议地看向了严予慈，莫非是真要找人当面提问吗。

"两位大小姐，还满意吗？"丁默手扶图书馆的座椅，在姚念菲身边的沙发上坐下，"现在也没什么人听音乐会，搞几张票不难吧。"严予慈说道。"大姐，再不难，后天就演出了，还有世界级的钢琴大师来，你说呢？"严予慈向丁默吐了吐舌头。"你不会真要去探索真相吧？"姚念菲伸出了一根手指指向了严予慈，然后瞬间回缩，放到了自己的嘴唇上，比出了嘘声的姿势。严予慈微微一笑，也摆出了同样嘘声的姿势。"严予慈，你听好了，我和姚念菲是去听音乐会的，你，随意。""幼稚！"严予慈拿起手边的矿泉水，猛喝了好几口。姚念菲默默地低下了头，这是唯一的线索，如果这次没有成功，那严予慈应该会就此放弃，棉宝这个账号就彻底成了过去时，而她的身份也就安全了。

一天过后，三人来到了江州歌剧院，票是后排的，严予慈还带了一个望远镜。演出开始后，她一边看着手机里的照片，一边和台上的演员进行匹配。看了一会儿，严予慈突然拍拍姚念菲，把望远镜塞给了她，"你看看，是不是那个第三排第二个，黑色长裙配高跟鞋的？"姚念菲接过望远镜找了一下,然后点点头说道:"对,就是。"丁默凑过来,问道:"你们找谁啊?看上哪个小哥哥了?"

姚念菲在丁默耳边说:"找上次发帖的那个于慕岚。"丁默伸手,要过望远镜,"给我看看,是哪个?""第三排第二个。"丁默正在调试着望远镜,严予慈突然说:"我们一会儿自说自话上去,不太好吧?"丁默放下望远镜,拍了拍姚念菲的手,"菲菲,这个人我见过。"

姚念菲和严予慈都齐刷刷地看向了丁默,"你们不要像见鬼了一样啊。"严予慈小声问道:"你在哪里见过啊?"三个人的头凑到了一起,"前段时间,我和老冯一起打球,老冯和一个男生打招呼,那男生旁边站着个人,侧面和这个很像。"严予慈掐了丁默一把,丁默发出了嘶的一声,"你干吗?""见一次你就记得?你眼睛乱看,乱看。"丁默立刻辩解,"不是,她那天穿了一条特别长的裙子,生活中,又是运动场上,这肯定是奇装异服了,能不印象深刻吗?还有,她戴着一副很夸张的耳环,都掉到了肩膀上,很是浮夸,搞得像来参加宴会的。"严予慈思索了片刻,又问道:"老冯?老冯是谁啊?"丁默道:"我朋友啊。"姚念菲伸出双手,放在了左右两边人的头顶,往下按了按,说道:"哎呀,你们别说了,安静点。"姚念菲打断了两人的对话,前面的人时不时回头看看他们，严予慈报以一个不好意思的微笑。丁默往椅子里面缩了缩，又往姚念菲身边靠了靠，"菲菲，这个女生你认识吗?"姚念菲警觉地看向丁默，"我不认识。""但老冯是你同学啊。""对，但这个女的，我不认识。"丁默小声地"哦"了一声，随意划开手机屏幕，刷了刷，然后又收了起来，安静地听起了音乐。

但姚念菲想，她最近也经常看见一个喜欢戴浮夸耳环的女生。

在最后一个音符落地，指挥潇洒地挥动完成最后一个动作后，一阵长久而热烈的鼓掌声响起。指挥点了几位乐师站起，下面的掌声经久不停，指挥顺势又加演了一首短小轻快的乐曲，掌声雷动后，后排的小提琴演奏家也得到了露脸的机会。严予慈拍了拍姚念菲的大腿，重重的，姚念菲疼得都快要叫了起来，"快看，快看。"姚念菲只见一个拿着捧花的男士走上了舞台，把花递给了于慕岚。"哇，天哪，这是什么神仙画面，不行不行，我的少女心。"严予慈捧着自己的脸，随后一想，立刻拿出手机，拉近镜头，把这动人的一幕拍了下来。

姚念菲立刻认出了这个男的，是他，徐衍。严予慈立刻把望远镜递给丁默，"丁默，你看看，是不是你上次看见的。"丁默快速接过望远镜,送花的男士已经走到了台下,"没错,就是他,不过,没有我帅。"说完,把望远镜还给了严予慈。"那你认识啊,你帮我去问啊。"丁默举起手,向严予慈摆出了"不"的手势,决绝地说道:"我不认识,我只认识他的朋友,你不要打我的主意。"人群开始渐渐地退场,严予慈像一只热锅上的小蚂蚁,前后左右晃来晃去,嘴里还一直碎碎念,"这个男的是谁?是谁啊。"

"徐衍。"

在略显嘈杂的人声中,严予慈和丁默听到了来自姚念菲的声音,他俩对视了一眼,随即把刚刚离开椅子的屁股又重新放了回去,"什么?"严予慈惊讶地问道。"我说,这个男生叫徐衍。"严予慈的嘴微张着,"你认识啊?"丁默摸着下巴说道:"嗯,想想也对,我那个朋友是江州人,姚念菲是江州人,他认识徐衍,姚念菲是老冯的同学,认识不奇怪。"严予慈看着丁默,说道:"你刚才不是说老冯是你朋友吗,怎么变成了菲菲的同学?"姚念菲直直地盯着前面,说道:"两个都是我同学,同班同学,走吧,别看了,人都空了。"说完,姚念菲起身,拍拍严予慈,示意她快些站起来。

"想不到,你,姚念菲,你真是深藏不露啊。"姚念菲挽起严予慈的胳膊,"丁默也见过,没什么奇怪的。"严予慈想了想,用撒娇的语气问道:"那菲菲,可不可以问问他,那个棉宝的事情。"姚念菲沉默了好一会儿,心不在焉地回了句,"看心情。"说完,放下严予慈的手,独自往前走。严予慈看向丁默,"是不是有些奇怪?"丁默没有说话,拽过严予慈的胳膊,往前赶上了姚念菲。

回学校后,姚念菲提议去图书馆前坐一会儿,每逢有心事的时候,这里的台阶是最好的去处。严予慈显然是很乐意的,她打算拷问一下姚念菲有关于刚才那一幕的八卦。严予慈先吸了一大口奶茶,然后对姚念菲说道:"菲菲,刚才那个送花的帅哥,有没有什么趣闻?"姚念菲摇摇头,丁默开口说道:"严予慈,姚念菲可不像你,成天就知道打探八卦,我们菲菲是乖宝宝。"严予慈拍了丁默一下,说道:"这是两码事儿。"姚念菲用故作轻松的口气说:"只是关系一般的同学,没什么过多的交集。""那旁敲侧击地打听一下总可以吧。"姚念菲看了严予慈一眼,抬头运动了一下脖子,她在竭力克制自己的情绪。这份情绪无法与他们俩分享,只能默默地藏起来。这三人之间忽然尴尬了起来,气氛从未有过的怪异,丁默首先打破了沉默。

"菲菲，今晚还没有更新微博呢。"丁默提醒姚念菲道。姚念菲看了看手机，说道："回宿舍就更新。"严予慈拉了拉姚念菲的耳朵说道："想不到我们菲菲也开始有固定的粉丝了。"丁默笑道："我还参加了那个什么活动呢，结果，第二天就失败了。"严予慈伸出了手掌，"击掌，我也一样，一小时就失败了。"姚念菲看了看他俩，钩上了他们的肩膀，"走，大V请你俩小粉丝吃烤串儿去。"

带着满身的孜然味回到宿舍，严予慈立刻就躺到了床上，"太饱了，太罪恶了，太困了。"姚念菲把宿舍的灯关了，但这个夜晚，她又失眠了。到底要不要帮严予慈约徐衍呢？或许过几天，严予慈就忘记了这件事情。但万一她不放弃呢？严予慈一直想着要知道棉宝是谁，如若真的把徐衍约了出来，怕是自己的秘密就要直接公开了。但应该也不会，徐衍也不知道棉宝是谁。那万一徐衍说漏了什么，严予慈进行了丰富的联想，把所有这些巧合都一一串联。姚念菲捂了捂脸，翻了个身，她好像听见了严予慈的呼声，姚念菲双眼瞪着，丝毫没有睡意。

徐衍的那张脸又飘到了她的眼前，他们俩好像总有这种不经意的缘分。如若说当时她未曾发现这个账号就是徐衍，是不是故事的版本就要更新了呢？她其实可以假装的。

姚念菲闭上了双眼，微微地笑了笑，她早该认清现实了，她永远都不会成为这场戏的主角，她的作用只是时不时出现在其中，推动剧情的发展罢了。

姚念菲又翻了个身，心里嘲笑起了自己。自己或许连演员的资格都没有吧，她只是一个观众，一个不拆穿剧情的优质观众，这场戏在她的眼前就这么和谐美好地演了下去。末了，台上的人还能获得掌声，旁人的祝福和鲜花，直到落幕的那一刻，他们走到后台，脱下重重叠叠的伪装，松了口气，开心地笑了笑，而那个观众，面对漆黑空荡的剧院，独自心酸神伤。

姚念菲从床上坐了起来，靠在了墙上。如果自己有幸成为演员呢，那也是可以演下去的，需要的仅仅是一场完美的配合，这场戏可以演到地老天荒。末了，我们互相给予对方掌声，拥抱和鲜花，直到落幕的那一刻，我们互相拉着手，心中却念着另一个剧本的台词，此时，我们已不能挤出更多的表情，因为在这场戏中，我们耗尽了自己。

姚念菲忽而想到丁默刚才的提醒，今天的微博还没有更新呢。是啊，既然棉宝那个账号没有了，那就好好经营这一个吧。

我们总是演得太过专注
　　忘了身后布景的转换
　　我们总是演得太过敷衍
　　忘了今天要换新的剧本
　　已知结局的观众们
　　疑惑地望向那位深情款款的演员
　　以为自己的入场券
　　写错了剧本名

　　以上,便是姚念菲今天在微博"果敢的菲菲女士"中的一段更新。

前篇：消失的线头

这些天徐衍时断时续地给姚念菲发着问候短信，姚念菲觉得自己处在一个异常尴尬的情境中，向前也不是，后退也不是，她甚至有一种把自己就地掩埋的冲动。根据这些天断联的风筝和棉宝的私信来看，徐衍还是处在纠结中，这就好像一场游戏一样，只要大家愿意遵守规则，就可以一直无限循环地进行下去。

这天，徐衍很是客气地给姚念菲来了一通电话，语气客气到姚念菲都怀疑那通电话的真实性，"菲菲，明天能不能麻烦帮我一起去见个客户？"虽说语气很客气，但是必要的询问还是要的，姚念菲问道："为什么要我去？"徐衍答："是西班牙的客户，你比较有优势。""哦。"姚念菲内心忽然有些不悦，这算是考验还是选择，如果考验结束，徐衍最终选择了她，她会想要和徐衍白头到老吗？或者说经历过了这一切,她还是心甘情愿的吗?

严予慈估计是出去洗澡了,姚念菲一个人站在宿舍门口,望向了宿舍里面,这是她第一次觉出,宿舍是那么拥挤和狭窄,在这个小小的空间里,她度过了三年的时光。"叮咚",姚念菲打开手机,看到了一条徐衍的短信,"菲菲,明天下午我来接你,打扮得漂亮一些。"姚念菲没有回复这条短信,她打开微博,这个让她深陷怪圈不能自拔的地方。

  断联的风筝:亲爱的,我想我们会白头到老的。

姚念菲突然大笑了起来,原来徐衍今天也想到了这个词,只是这个词和她姚念菲无关。姚念菲笑了三声后依旧站在空荡荡的走廊上,突然,一只手搭在了她的肩上,她感到了这只掌心的温度,很烫。"菲菲,你干吗呢?进去啊。"严予慈拿着一个盆,正站在姚念菲的旁边。她又把头伸到了姚念菲的前面,"你哭了?我去,哪个神经病,老娘出马揍他。"

"我想妈妈了,小慈。"严予慈被这句回答憋出了内伤,她只是摇了摇头,没有说话,转而悄悄地给丁默去了短信,让他最近多多关心姚念菲。

　　第二天，姚念菲穿着一件蓝色呢子大衣，里面搭配了白色低领毛衣和长裙，再加上一双高跟短靴，这应该很是符合徐衍的要求了。严予慈正巧外出有事，这很是让姚念菲满意，姚念菲害怕她又调侃自己。

　　一顿饭下来，姚念菲的眼睛都被熏得快要流泪了，头发丝里全都是烟味，终于，这场应酬结束了。姚念菲拿起包，和徐衍一起走到楼下，车子已经等在门外了。姚念菲和客人礼节性地握了握手，客人突然提议说，要不要一起去环江步道走一走。徐衍立刻表示了同意，他一把就把姚念菲拽上了车。

　　车子往步道方向行驶过去，姚念菲只觉越来越冷，她抱紧了双臂，摸到衣服的那一刻才想起，自己的外套落在饭店了。到了步道的地方，姚念菲说："徐衍，我忘了带外套了，能不能在车上等你们。"徐衍立刻向姚念菲抛来了嫌弃的目光，"你怎么自己不会照顾自己。""我把衣服给菲菲穿，我在车上等你们。"橙子姐立刻脱下了自己的外套，给了姚念菲。"不行，一起去，有五个客人要陪，姚念菲一个人不够。"徐衍好像也没有把外套脱下来的意思，姚念菲只能勉强下车了。"姑娘,我的外套你拿去穿吧。"司机师傅好心地脱下了外套,"车里我可以开空调。"姚念菲接过司机师傅的外套,套了上去,这衣服显然是不会太合身,风呼呼地从衣服袖子和领口钻了进去。"一点样子都没有。"徐衍嘀咕了一句,就径直往前走了。走着走着,他又回头,用严厉的语气对姚念菲说道:"菲菲,以后工作了,不能这样丢三落四,没有人会帮你的。"橙子姐看了一眼姚念菲,摸了摸她的肩膀,安慰道:"没事的,老板工作的时候就是这样的,别放心上。"

回程的车上,徐衍最后把姚念菲送回了学校,姚念菲下车后把衣服还给了师傅,瑟瑟发抖地从校门口一直走到宿舍。姚念菲闷闷不乐,就算作为一个老同学,徐衍也应该体谅自己。但她也有些自责,责怪自己怎么这么粗心大意,不过话又说回来,自己更多的还是有些失望,忘了拿外套确实是她粗心大意,但徐衍的表现也太过冷硬了。

"哎,还是我没有能力,比不上人家。"姚念菲自言自语道。她有些想去图书馆前呆坐一会儿,但想来还是算了,天这么冷,今天又吹了风。回到宿舍后,姚念菲迅速地洗了一个热水澡,就裹着被子睡了。睡前,她看到了徐衍发来的短信,问她是否到宿舍了。只是这份关心在这时候有些不伦不类，过了期的关心，谁还想要呢？

　　按照常规剧情走向，姚念菲第二天果然就感冒了。但对于姚念菲而言，这场感冒来得太是时候，她终于可以对徐衍不闻不问了，理由是她需要休息。严予慈这次破天荒地没有大张旗鼓地向丁默宣传姚念菲生病的事情，她最近正忙着修改论文，打算熬个几天，一口气通过。姚念菲终于有了久违的安宁，她又打开了那个好像有着吸铁石一般魔力的账号，点开了私信。

　　　　私信　来自断联的风筝：最近我看明白了自己的真心了。
　　　　私信　来自棉花猪蹄煲：什么意思？
　　　　私信　来自断联的风筝：你曾经说，如果喜欢第一个，就不会有第二个。
　　　　私信　来自棉花猪蹄煲：是啊。
　　　　私信　来自断联的风筝：在我看来，和第二个交往了，才能知道到底有多喜欢第一个。

　　看到这个回答的姚念菲一下子没了主意，她正在盘算自己的正常反应，是破口大骂好些，还是无动于衷好些呢。

在徘徊了几秒之后，姚念菲准备破口大骂，但这不免有些让她自觉失去了理智。其实仔细想来，这样的回复并不会让她畅快多少，她是有些难过的，原来她只是应用题中的一个假设条件，让一个不明白自己内心的人用来试探的工具。姚念菲回看了刚才的私信，她明白，作为一个博主，她确实是有些越界了，她没有保持她的专业立场，没有公正客观地帮助粉丝分析情况，但没关系，一切很快就会过去的。她放下手机，又昏昏沉沉地睡了过去。

许多事情总是那么峰回路转，一觉醒来，姚念菲会发现，这个世界又不一样了。而有时，有些突如其来的东西，只会增加你的无能为力感和对世界所有巧合的感叹。在姚念菲揉着眼睛看手机时，她惊讶地发现了一条来自诽谤者的私信。

私信　来自巧克力派：你好，博主，真的对不起，之前针对你的事情，我想道歉。我只是遇到了一些感情问题，不知道怎么很好地解决，所以冒犯到你了，向你和你的团队表示歉意。

姚念菲从床上坐了起来,她又看了一遍私信,又看了看时间,的确是今天,她在做梦吗?她大喊了一句"严予慈",严予慈从座位上突然站起,抬头望向床上的人儿,"菲菲,怎么了?""我想上厕所。""我帮你下来,你慢点。"姚念菲去了一趟厕所,用冷水洗了把脸,确定不是在做梦,便走回到宿舍,爬上床铺,开始敲键盘,履行该履行的事情。

  私信 来自棉花猪蹄煲:没关系,我们能够理解。
  私信 来自巧克力派:现男友对我很好,前男友又重新追求我,我该选择谁?

姚念菲忽然觉得自己更可笑了,她可以安慰很多人,可以陪伴很多人,但她孤独的时候,她困惑的时候,却不知道该向谁诉说。她甚至有那么一瞬间,想告诉巧克力派所有这些事情的前因后果。但她又觉得这一切特别的荒诞可笑。她是导演吗?她可以指挥这几个演员演出她想要的剧本吗?不,不对,她只是一个小小的配角,是证明别人爱情的工具。姚念菲迅速转回了理性,回复了那条私信。

私信　来自棉花猪蹄煲：说不定，你前男友也在纠结。时间会告诉你的。

私信　来自巧克力派：谢谢你，我想说，其实我前男友也关注你，不知他有没有说过什么？可以告诉我吗？我前男友是"断联的风筝"。

私信　来自棉花猪蹄煲：每天有很多咨询的，我们团队对个人隐私保密。

私信　来自巧克力派：谢谢你。我会一直关注你的。

她忽而觉得她和于慕岚都有些可怜，她们俩好像是一辆车的油门和刹车，徐衍是那个正在堵车的驾驶员，一会儿踩刹车，一会儿踩油门，疲惫不堪。

在之后的一段时间中，姚念菲算是和徐衍断了联系。放下的感觉真好，这种轻松感让姚念菲获得了久违的快乐，她也终于开始全心全意地想着论文和找工作的事情了。

12月31日，今年的最后一天，在严予慈的提议下，他们一众人打算放孔明灯祈福。放孔明灯的地点是学校操场，这绝对算是顶风作案了。今天的风不太大，操场上有三三两两跑步的学生。"许个愿吧。"丁默对姚念菲说道。"你也许。""我许了,你要听吗?""我不要,听了就不灵验了。"丁默点燃了孔明灯,突然有股上升的力量,姚念菲和丁默一起用力地拉着孔明灯,"123",那盏灯就飞向了远处,闪闪烁烁的。

几人坐在了操场上,地面的凉意透过裤子传到了皮肤,这种感觉用严予慈的话来说是叫接地气。"你们说,多年以后,去年、今年、明年,哪一年想起来会让你遗憾。"众人齐刷刷地看向了丁默,"你问的?"严予慈的表情是有些大惊小怪了。"老丁今天文绉绉的了。"王梓奇附和道。严予慈对王梓奇做出了闭嘴的动作,然后说道:"姚念菲,你快回答。"遗憾,姚念菲从没有想过这个词,她忽然觉得自己的生活好像太平淡了。在时常刮风的周一晚上躲在宿舍看剧,在偶尔下雨的周三下午去KTV唱便宜的下午场,周六偶尔去一次小酒馆、吃点小美味,一个月放肆地吃几次夜宵。遗憾,她好像从来没有争取过什么,或者说用尽全力去争取过什么,何谈遗憾。

可能后年,后年会有遗憾,姚念菲本想回答,她看了一眼丁默,他看着自己,眼眸深邃,好像想要从她眼里盯出答案。她欲言又止,低下头拨弄着塑胶跑道,她的答案应该不是丁默想要听到的。

"保安会来吗?"正在这时,吴雯靖突然说了一句。严予慈警惕地往周围看了看,丁默说:"都飞走了,来个屁啊。""走吧,太冷了,去咖啡厅玩会儿。"丁默说道。严予慈说:"老人家们,还去刷夜唱歌吗?"齐刷刷的白眼投向了严予慈,她突然双手举起,说道:"只当我没说,咖啡我请。"

严予慈第一个冲进店里,占了个好位置。姚念菲没有进咖啡店,她去了洗手间。从洗手间出来的时候,她的余光扫到了门外河岸的栏杆边。"怎么?不进去吗?"丁默递给了姚念菲一支烟,带着淡淡的薄荷香味,那支烟在丁默的手上显得极为不匹配,太过纤细柔媚了。"你不适合这支。""给你的。"丁默挑了挑眉毛,黑亮的眼珠子转了转。姚念菲把丁默的手推向了远处,"教坏我。""聊天吗?"丁默说完掐灭了烟头,一缕烟顺风飘到了姚念菲的鼻腔里,空气里只剩下了沉默的味道,姚念菲只觉得这个沉默好像暗示着一个心照不宣的秘密。她拍了拍丁默的肩膀,转身向咖啡店走去。

咖啡店里,还是老位置,姚念菲想起了上次在咖啡店还是一个多月以前的时候,那时的她害怕得要命,只想躲进宿舍，躲进被窝，永远不要出来。不过，现在，一切都好像变得异常平静，似乎什么都没有发生过。姚念菲突然有些想知道徐衍在做什么，她又打开了微博。

> 断联的风筝：对不起，我真的不是一个很好的演员，我知道你也不是，但我却残忍地逼你表演，我错了，我会等你的。

看到这条微博后，姚念菲舒了一口气，她喝了一口桌上的水，又开始翻看于慕岚的微博，原来今天是于慕岚的生日，照片中的人都穿着精心挑选的衣服，背景也很有档次，姚念菲心里感叹，女神的生日就是别具一格。

于慕岚的生日派对在江州环球江景酒店举行，她穿着一袭白裙，长发飘飘，白裙上的羽毛随着走路微微地飘起。"朋友们，今天是我来江州后的第一个生日会，以后就要多靠大家帮忙了。"周围一片掌声，于慕岚是那样一个发着光的女神，谁都不能抗拒这样的魅力，这样的光环如果能借到一点点，对于任何人来说都是幸运的。

于慕岚的现男友正捧着一束花站在旁边，他顺势把花递给了于慕岚，人群中突然一阵起哄，于慕岚把脸贴向了那个男生，先是左边然后是右边。这是一个戴着眼镜的清瘦男生，眼镜下是一双大眼睛，双眼皮，个子倒是不高，只比于慕岚高那么一点点，但气质还是不错的。徐衍站在远处，手拿一杯红酒，看见服务生走过，他把酒换成了果汁，他需要保持清醒，今晚他有些醋意。

只听得一阵倒数声，江边开始放起了烟花，大家呼喊着，欢庆着新一年的到来，"朋友们，我订了楼上的包间，想继续玩的就继续。"人群中又是一阵欢呼，大家开始陆陆续续慢慢地上楼。对于于慕岚的社交能力，徐衍是佩服的，才来江州没多久，就能够集结这么多朋友来生日宴捧场。他产生了挫败感，一种不再被需要的挫败感。

徐衍找了一张临窗的丝绒椅子坐下，他点开了棉宝的微博，依旧是每日不变的晚安。他点了个赞，打开了一旁的窗户，一股冷风灌进了他的脖子，周围的人声也渐渐地减弱了。

"徐衍，干什么呢?"于慕岚披着一件毛绒大衣，坐到了徐衍旁边。于慕岚看徐衍没有说话，继续说道："一起去玩吗?""不去了，明天公司还有事儿。"徐衍回答道，他分明感到了脖子上冷热气息的交替，还有一股淡淡的香水味，偶尔有几根头发丝吹到了他的耳朵上,让他止不住地心烦意乱起来。于慕岚起身去吧台要了两杯酒,又坐回了徐衍身边的那张椅子。她伸手拿过徐衍的右手,把那个方形酒杯塞到他的手里,徐衍只觉手里一阵冰凉,"干杯!为我们还能一起喝酒。"于慕岚把自己的杯子和徐衍的杯子碰了碰,徐衍看了一眼杯子,把酒放回了桌上。于慕岚一口把酒喝干了,连同杯子里的碎冰块一起,清脆地嚼了起来。

"徐衍,我们能回到从前吗?从前都是你给我过生日的。"徐衍没有看于慕岚,他依旧看着江岸两边的灯,冷风像刀一样从窗户口打在他的脸上。"你想回去吗?"见徐衍没有回答,于慕岚从徐衍身边站起,坐到了他的对面,她伸手握住了徐衍的手,"徐衍,我只要一个名字,求你了,就一个名字。这是我的生日愿望,求你了。"

徐衍没有回答,他听到了江上轮渡的汽笛声,好像心脏猛烈跳动的那一下,怦。"徐衍,过了今年,就翻篇儿了,求你了,就一个名字。"徐衍依旧看着窗外,轻轻说道:"你以后别再纠缠我了。"于慕岚看着徐衍笑了笑,然后说道:"徐衍,搞搞清楚,今天我可没有绑了你来。"徐衍没有回答,他舔了舔嘴唇,用力地咽了下口水。于慕岚往椅背上靠了靠,歪着头看着徐衍,"也行,你说纠缠就纠缠，一个名字，换我离开你的视线。"

于慕岚见徐衍不再说话，继续说道："徐衍，真的就一个名字，我只是想知道，我不会做什么的。以后，你有你的路，我有我的未来，你今天已经看见了，我现在的男朋友也很爱我。"徐衍分明觉出了于慕岚话语中挑衅的味道，他看向了于慕岚，过了今晚，他也应该重新开始。"姚念菲。"在这个空荡的房间里，这三个字清晰有力，于慕岚把握着徐衍的手收了回来，她往椅子上靠了靠，叹了口气，停顿几秒后，拿起桌上的红色小手包，离开了江景包厢。

徐衍点了一支烟，拿起手机，给姚念菲发了一条短信。

"老板娘，明天有时间吗？"

徐衍又打开微博，发了一条状态，用来告别今年。

　　断联的风筝：终究还是失去了你，今年结束了，我们也结束了。

一大早，姚念菲揉揉惺忪的睡眼，美好的新年开始了，她要告别过去，好好经营自己的微博账号，再好好谈一次恋爱，她还要变得美美的，变得更加自信。她躺在床上，望着结着一个蜘蛛网的天花板，想了很多。在这一连串的

前篇：消失的线头

自我鼓励结束以后，姚念菲的手机让她认清了，昨晚放的孔明灯，只不过真的是个寄托罢了。

她先是收到了来自高中同学秦依依的邀请，"菲菲，最近有时间吗？出来聚一聚？"秦依依？她怎么会邀请自己呢，姚念菲有种不太好的预感，但是她还是礼貌性地回复了邀约，接着她看到了更早的徐衍的短信，发信的时间是昨晚。所有不该来的人在同一时间出现，这让姚念菲的心里又起了疑团。

随后，她打开了微博，果然是有新情况，但下一秒，她的汗毛又竖了起来。

　　私信　来自巧克力派：你好，对于之前的事情，我一直很抱歉，我想说，我找到了真正的小三，你可以帮我吗？这样也能洗白你自己。

　　私信　来自棉花猪蹄煲：这是你们的私事。

　　私信　来自巧克力派：这样也好洗白你自己。

　　私信　来自棉花猪蹄煲：我不需要洗白。

　　私信　来自巧克力派：那好吧，谢谢你。

　　私信　来自棉花猪蹄煲：不客气，也谢谢你关注我。

姚念菲心里想到千万种可能的结果，一时间她的脑子就好像搭错了的电线一样，不同的神经随意地攀扯在一起，放射出各种不同的光源。姚念菲点开了徐衍的微博，空空如也，那近期发的几条微博也不见踪影。姚念菲盘腿坐在床上，把手机摔在了枕头旁边，她只感觉自己好像卷入了一个漩涡中，前后左右都是水，转来转去都逃不开。

秦依依的邀请很是着急，1月2号，还在元旦假期的时候，她就主动来学校找了姚念菲。秦依依和姚念菲的交集不是很多，秦依依高中毕业后也出国留学了，只是和徐衍不在同一座城市。秦依依找准了午饭时间来见姚念菲，看来是打算聊一顿饭的时间了。

"怎么今天想来江州大学了？"姚念菲问秦依依。秦依依夹起了一块鸡翅，放到嘴里嚼了起来，"我毕业了，想和同学联络联络。"姚念菲看向秦依依，心想，这联络我，也是一桩怪事。作为当年的美女班花，优等生，和姚念菲这个坐在最后一排的女汉子是隔着十万八千里的。"对了，姚念菲，你以后在哪里工作？""我在江州。"秦依依放下了筷子，认真凑上前去，"不考虑别的城市了？虽然我们都是江州人，但江州不算是大城市。或者说，是不是你男朋友也在江州啊？"姚念菲只感觉从脚底凉到了头顶，她迅速地串联起了今天早上的微博,脑补了昨天晚上可能发生的事情,看来,徐衍到底还是把她出卖了。

姚念菲也放下了筷子,往秦依依的方向凑了凑,"没有",说完跷起了二郎腿,身子歪向一边,开始吸着碗里的面。秦依依不依不饶,又凑到了姚念菲的前面,"真的没有吗?毕业的时候,你可是表白了徐衍。"姚念菲咬断了嘴里的面条,狠狠地啃下了一块排骨肉,"没有,我和徐衍后来没有联系了。"秦依依看了姚念菲一眼,也跷起了二郎腿,开始吃起了面条。

姚念菲送走秦依依后,来到了她常常喜欢蹲坐的地方,图书馆前的台阶。身后的图书馆里空空荡荡的,人不太多,台阶前走过一两个路人,他们匆匆掠过姚念菲眼前,脚步飞快,姚念菲想,为什么从来都没有人在乎过她的感受。她不是难过徐衍没有喜欢她,而是,徐衍实在是太轻易地就把姚念菲当作一块帘子,想要的时候拉起来遮羞,不想要的时候,合上去扎起来,看都可以不看一眼。姚念菲拿起手机,拨通了徐衍的电话,逃避不是解决问题的办法,显然,今天已经有人找上门了。

"菲菲。"电话那头响起了徐衍的声音,嗓子有些哑,鼻子有些塞。"你感冒了?"姚念菲尽量让自己的声音显得关切一些，她不想太过尴尬，时至今日，她已经不知道该如何面对徐衍了。"没事，这几天吹了点风，你最近怎么样？""我挺好的。""明天有空吗？来我公司吧。"姚念菲没有直接回答徐衍的问题，她从台阶上站了起来，转了个身，身体靠在了栏杆上，"徐衍，我们还是哥们儿吗？"电话那头的人明显愣住了，但只一两秒的工夫，姚念菲清楚地听到了电话那头的声音，"菲菲，你是我的老板娘"，这个声音有些缥缈，有些无力，姚念菲感觉拿着电话的手指有些僵硬。她又转过身去，迎着冬天的北风，姚念菲对着电话那头的徐衍说道："有空的话，我会联系你的。"姚念菲希望北风把这句话吹散掉，吹到天涯海角，消失无踪。

姚念菲，还是不舍得放弃徐衍，这种心情，只有姚念菲自己才能体会。

接下来的10天，徐衍总是零零星星地给姚念菲发着短信，而姚念菲也断断续续地说着近况，他们好像刚认识一样，氛围是谦让和谐的。她似乎找到了平静，甚至有时候想，如果这样慢慢来，她和徐衍或许能够走到一起。

过了些日子，有天晚上，徐衍说想去高中学校旁边的那条小巷子吃叉烧饭，姚念菲便答应了下来，这些天她理清了头绪，也做好了准备，她应该能忘记之前的种种，并且永远把这个微博账号的秘密保存在心中。

晚上睡前,更新完微博的姚念菲又开始在网上闲逛,她点开了断联的风筝的微博,这果然是一个不能开启的魔盒。

  断联的风筝:亲爱的宝贝,我真的很想你,我想,这就是爱了。@巧克力派

这条更新的微博让姚念菲只觉晴天霹雳,前几分钟还在约她吃饭,这放下手机就写出了这么个句子,她开始摸不着头脑了,爱情真的这么复杂吗?姚念菲感到胸口开始疯狂地跳动,她深吸一口气,合上了电脑,她的理智告诉她,现在是她做出正确选择的时候,这次必须要斩钉截铁毫不犹疑。他们之间需要一个体面的告别,需要一点点的仪式感,显得不那么尴尬,而这件事情,只能由她姚念菲来做。姚念菲打开手机记事本,编辑了第一条信息。很快,她就把这条信息删了,她觉得这样实在是太过草率了,她应该和徐衍见一面,冷静地说说自己的想法。但她很快又否定了自己的这个想法,她又第二次拿起了手机,再次编辑起了那条信息,改改删删,这么几次下来,姚念菲有些

讨厌自己了。她决定，一起吃饭的时候再说吧。

她看着那顶蚊帐，透过蚊帐又看到了天花板，天花板上有一只蜘蛛，正在那张大网上安闲地睡着。一只蚊子在蚊帐外面飞来飞去，嗡嗡嗡地叫着，想来又是要到夏天了，和徐衍重逢也已经一年了。姚念菲翻了个身，把头蒙在被子里。回想一下，她和徐衍注定是不会有结果的，他就如同冬季的炉火，能暖得了一时，却终究躲不过寒冬。不知过了多久，姚念菲迷迷糊糊地就睡了过去。

吃叉烧饭的地方是一家小馆子，在小巷的尽头。43路公交车会停在巷子东头，然后一直往里走，便能到达目的地。姚念菲先在巷子口等了徐衍一会儿，但左等右等也不见他。穿堂风特别冷，姚念菲拉紧了围巾，又往巷子深处走去，她打算先去店里等。现在是傍晚6点钟，巷子里破旧的路灯亮了起来。

突然，她的面前围过来了五六个青年人，他们穿着黑色的衣服，拿着棍子，嘴里说着不好听的话。姚念菲害怕极了，她扔下钱包拔腿就跑。可是那群人完全无视钱包的存在，疯狂地追着姚念菲。姚念菲看见了从巷子另一头走过来的徐衍，她大叫："徐衍，救我，徐衍，救我。"她的声音足够洪亮，也足够清晰，但徐衍好像没能看见她一样，驻足往这个方向看了看，然后默默地走开了。姚念菲摔倒在了地上，一只脚已经被人拖住了往后拉，她拼命地挣扎，拼命地叫喊。

突然，眼前感觉一阵亮光。"哗"，严予慈正在把宿舍的窗帘拉开，姚念菲猛地从床上坐了起来，直挺挺的，好像一具没有灵魂的躯壳。

"天哪姚念菲，活了这么多年，你每天都这样起床的？你的腹肌可以啊。"严予慈抬头望着床上的姚念菲，她有些惊讶。姚念菲满头大汗，对严予慈说了句："给我递个杯子。"姚念菲喝了一大口冷水，打了一个嗝。她记不清这一夜是何时睡过去的，她看了一眼手机，打开了微博。

> 私信　来自断联的风筝：我还在犹豫，我该怎么办，能帮帮我吗？

姚念菲看了看时间，现在是早上 6 点，马上，她要去赶一场新的面试。她迅速地点开短信，收件人徐衍，"那年 7 岁，我们认识得太早；今年 27 岁，我们重逢得太晚；剩下的岁月，都是久别，再见了徐衍，祝你幸福。"姚念菲发完短信后，叹了口气，正准备更衣下床，徐衍的回复就来了。她收到一连串没有打标点的短信，"谢谢你 遇见你很高兴 一如既往 开心快乐 再见"。

姚念菲抿了抿嘴，原来，徐衍一直都是这么潦草的。

叮咚，棉花猪蹄煲的账号收到了一条新的私信。

  私信 来自断联的风筝：终于甩掉了包袱，可以回到从前了。

那一瞬间，姚念菲真是痛彻心扉了，原来，有些友谊，有些爱情，也不过如此。她翻看了所有的私信，又重新躺下，用被子盖住了脑袋，握着手机的手全是汗水。她编排了一夜的告别言语，最终草草地交卷了。可能大多数的时候，我们都是匆匆地开始，潦草地结束，轻易地说着再见。

寻找大 V 之再次再见

有些日子，我们注定是不会忘记的，就好比说今天。

姚念菲在严予慈的软磨硬泡下终于答应让她见一下徐衍了。自然，面对这个选择，姚念菲也是做足了心理建设，不过她始终有种挥之不去的亏欠感，这种亏欠感来自她的不坦诚，但姚念菲经常安慰自己，这也是她的无奈之举。早晨起床后，姚念菲惊讶于今天居然天清气爽，也没有要下雨的样子，可今天明明是她选的日子。所以，姚念菲很清楚，今天的主角不是她，是徐衍。她拿起了桌上的水杯，喝了一大口凉水，只觉从喉咙一直凉到了肚子。姚念菲定了定神，开始洗漱换衣。

严予慈一路上都很激动，也有些紧张。棉宝对于她和王梓奇来说意义非凡，如果没有这个账号，她就不会和王梓奇成为网友，更没有了之后甜蜜的爱情。她曾经幻想过等她和王梓奇结婚的时候,她要邀请棉宝,见证她人生中最为重要的一刻。她对姚念菲说:"如果今天还是没有线索,怎么办?"姚念菲说道:"不会的。"她是多想告诉严予慈,其实棉宝一直都离她很近,但是她总是找不到一个合适的时间,一个至少在她看来合适的时间。

见面地点约在了那家常去的咖啡店,那家有着大落地窗,靠近广场的咖啡店。严予慈问姚念菲道:"他会带女朋友吗?"姚念菲摇摇头说:"这我也不清楚。"严予慈小小地舒了一口气,"不知为什么,感觉好像在做见不得人的坏事,有点害怕。"姚念菲看看自己的鞋子,说道:"怕什么,又不是洪水猛兽。""她还骂过棉宝,要是她来,应该会说出点什么吧,但我总觉得她不能那样说我喜欢的博主。"严予慈拍拍胸口,让自己顺了顺气,然后凑到姚念菲耳边道,"欸,你详细说说你的这个男同学呗。"姚念菲看向严予慈,轻轻地说了句:"普通人。"

徐衍很早就来到了咖啡店,他看见姚念菲走过来,立刻起身走向门口,为姚念菲她们开门。"真绅士,难怪要抓着不放呢。"严予慈小声地在姚念菲的耳朵边上说着,姚念菲瞪了她一眼,然后往里走去。徐衍帮姚念菲拉了椅子,然后对她们说道:"我帮你们点了喝的,菲菲还是老规矩吗?"严予慈八卦地看向姚念菲,"老规矩?你们很熟啊?"姚念菲摸了摸刘海,又把多余的头发夹到了耳后,解释道:"以前,我们是同桌,我们从小学到高中都是同学,他知道我喜欢喝果汁儿的。"徐衍看了看姚念菲,停顿了一秒,然后迅速地点了点头。

徐衍面对两位女生的时候,还是有些尴尬,他摸了摸鼻子,然后对严予慈说道:"对了,菲菲说你有问题问我,是什么问题?"严予慈眼睛滴溜滴溜地转了两圈,"哇,我还以为要寒暄两句呢。直接进入主题了,爽快人啊。"然后悄悄鼓了两下掌,对着姚念菲说道,"菲菲,你同学爽快人哦。"姚念菲看向徐衍,然后瞬间又把视线移开了,她并不想夸赞徐衍,哪怕是一两句,她没有那么洒脱。

严予慈坐直了身体,对徐衍小声说道:"前因后果我就不多说了,我只想问你,你知道棉宝这个账号是谁运营的吗?"徐衍抬了抬眼,抿了抿嘴,双手合十,往椅背上靠了靠,说道:"我也想知道是谁。前因后果我也不想说。"严予慈扑哧一声笑了出来,然后身体向徐衍倾斜,伸出了右手,"你也想知道,我终于找到同盟了,哈哈哈。"姚念菲拍了拍她的腿示意她要冷静。"你为什么想知道?"严予慈好奇地问徐衍。徐衍道:"我觉得内容不错,是我喜欢的风格。如果有机会,我想认识一下。"严予慈大大地叹了口气,"可惜现在是不可能了。"

严予慈觉得自己很是受挫,这是唯一一次比较靠谱的机会,但是看来,也是天马行空,八字没有一撇的事情了。她现在甚至也有些相信,这个棉宝的账号是一个团队在运营。她本也想问问那件不太光彩的八卦,但看看面前这个男生一脸正人君子的样子,也就不好意思开口了。

姚念菲一边转着手指,一边看着徐衍,她忽然问道:"徐衍,你什么时候开始玩微博的?"徐衍的背离开了椅子,往坐垫的前半部分挪了挪,他的膝盖不小心和姚念菲的碰在了一起。他快速地收回了双腿,双脚交叠,蜷在了座椅下方的空位。徐衍拿起咖啡喝了一口,然后直愣愣地看着姚念菲的眼睛,姚念菲也望着徐衍的眼睛,她已经很久没有直视她的这位老同学了,她看见徐衍的下眼睑中氤氲着一团粉色的雾气,然后耳边响起了徐衍一阵悦耳的笑声,"哈哈,记不清了。"姚念菲忽然不知该说些什么,扯动了脸颊的两块肌肉,微微地笑了笑。她喝了一口果汁,把刚才想说的话咽了下去,前两秒钟,她是有些想告诉面前的这两个人,棉宝就是她。

严予慈的嘴翘得老高,好像一个生气的小朋友,她对姚念菲说道："菲菲，我想回宿舍了。"姚念菲点了点头，对徐衍说："今天想问的已经问了。"徐衍也点了点头，姚念菲又说道："既然现在没什么线索，就不多打扰你了。"徐衍又点了点头，他今天有些过分讷口了。姚念菲又说道："也不是什么大事，你回去忙吧，我们走了。"她对徐衍微微一笑，徐衍又对她点了点头。三人起身，严予慈对徐衍说道："谢谢你，如果找到了要告诉我。"徐衍还是点了点头，只是说了句："客气客气。"

姚念菲拉着严予慈走到了门口，只听身后传来了徐衍的声音："那个，菲菲……"姚念菲回头看向了徐衍，严予慈见状，很识趣地先行推门而出。"怎么了？"姚念菲问道。徐衍低了低头走上前去，"我想说，好久不见，你还是老样子。"姚念菲看着徐衍笑了笑，"你也一样。再见。"她朝徐衍挥了挥手，又一次推开了咖啡店的大门想要往外走。忽然，徐衍一把按住了门把手，说道："菲菲，棉宝那个账号是你吗？"姚念菲看了看徐衍，咽了口口水，她感到泪腺一阵酸涩，勉强挤出了一个微笑，"怎么可能。"徐衍点了点头，松开了那个按住的门把手。

姚念菲很快就离开了徐衍的视线，他自言自语道："如果是你该多好，她是最懂我的。"可惜，姚念菲没有听到这句话，今天没有，以后也再不会有了，只有这么一次，她没有那么耳聪目明。

回学校的路上，严予慈有些小小的沮丧，毕竟，今天还是抱着很大的希望去的，她一路不知嘀咕了多少回，"放弃了，放弃了。"姚念菲有些懒得安慰她，严予慈看姚念菲没有反应，便说道："不找了，从今往后，我就是你的小粉丝了。"说完，搂着姚念菲，两人的脸贴到了一起。姚念菲的一颗心也算是放下了，从今天起，她也有了新的目标，运营好这个新的账号，做好自己的工作，珍惜每一个朋友。那个叫棉宝的账号就让它永远地成为过去吧，或许很多年以后，她会告诉严予慈，她就是那个棉宝。她看向严予慈说："小慈，你结婚的时候，我去给你做伴娘。"严予慈看了姚念菲一眼，笑着说道："说不定我先给你当伴娘呢。"两人打打闹闹，欢乐地回到了学校。

离毕业的日子越来越近了，拍拍毕业照，办办手续，聚几次餐，逛几次街，再来一次毕业旅行，学生时代就这样结束了。不过姚念菲并没有什么离别的感觉，毕业以后她还是在江州，严予慈也在江州，丁默也在，吴雯靖也在，一切好像都没有什么变化，只是身份从学生变成了一名编辑。

毕业典礼后的那个傍晚，丁默打电话约姚念菲出来，要说姚念菲去的时候心里一点儿数没有那也是不切实际的。离开宿舍的时候，严予慈那个异样的眼神让她真想套个垃圾袋在头上。丁默在图书馆门前的阶梯上等着她，这里是姚念菲常常发呆的地方。

"来了，给。"丁默打开了易拉罐，把一罐啤酒递到姚念菲的手上，姚念菲看了一眼丁默，坐在了台阶上。这个时节的风是最为舒服的，带着些许的温暖，柔软地打在皮肤上。姚念菲撩了撩被吹得肆意飞散的头发，丁默看了她一眼，只觉今天的姚念菲特别好看，周身溢满了愉快的气息，他低头看着地上，说出了今晚的第一句话，而这句话一出，空气的味道都发生了变化。

"菲菲，我要出国了。"

姚念菲没有看向丁默，她傻愣愣地看着远处，这一幕好像是似曾相识的。丁默看着向姚念菲道："你没有想问的吗？"姚念菲想问的实在是太多了，一时间竟不知该从何说起。丁默又说道："菲菲，我本来是想就这样稳定下来的，但后来还是决定出国。想闯一闯。"姚念菲决定挤出一点微笑，她觉得她此刻应该为丁默感到高兴，她说道："出国后我们常联系，现在通信这么发达。"丁默突然间就不说话了，他也开始盯着远处看，可那里明明什么也没有。丁默的沉默让姚念菲觉出了异常，她又说道："你什么时候走啊，我们一起去送你。"丁默好像没有听到一样，眼神还是直愣愣地看着前面。丁默应该是在等姚念菲自己开口。

"丁默，你喜欢姚念菲吗？"姚念菲从未想过有一天，自己会如此坦率直接。

丁默丝毫没有意外，他好像准备好了一样，对姚念菲说道："那要看是谁问我了。"

姚念菲说："小慈问你，你会怎么说？"丁默道："喜欢，但就是不想表白，怕连同学都做不成了。"姚念菲抿了抿嘴唇，她只觉喉咙异常干燥。

姚念菲又说道："你哥们儿问你，你说什么？"丁默道："心动而已，还到不了喜欢。"姚念菲觉得自己的睫毛有些颤抖，有几根刘海好像被吹到了眼睛里，很不舒服。

姚念菲又道："我呢？"丁默没有犹豫，这是他演练了很多遍的台词了："菲菲，我是真的喜欢过你。我念了你快要三年了，但最近，突然就不怎么会想起了。"

这三个问答行云流水，没有什么停顿，没有什么阻碍，姚念菲眼神迷离地深吸一口气，她的眼前起了一点点的雾气，她没有更多的话对丁默说了，她只是忽然觉得，比起认真的离别，她现在更喜欢那种潦草的再见。

姚念菲的脑子好像被风吹过一样，空白一片。今天是她先开口的，她要给自己，也是给丁默一个台阶，她站了起来，对丁默说道："走吧，回宿舍理东西了。"丁默也站了起来，他说道："我送你回宿舍。"

两人没有并排行走，而是错开了一点点的距离，走到宿舍门口后，丁默对姚念菲笑了笑，说道："以后……不说了，你照顾好自己，努力工作。"丁默说完后紧紧地抿住了嘴唇，然后又笑了笑，"再见，菲菲。"姚念菲也轻轻地说了句再见，她看见丁默随即转身就走了。她很想追上去，但腿好像灌了铅一样，根本动不了。她的眉头微微皱着，有几分焦急的样子。

丁默走出去 10 米远后，回头站住了，他看见姚念菲还在望着他，他拿出了手机，拨通了姚念菲的电话。姚念菲立刻按下了接听键，她明显觉得自己的手在颤抖，"喂。"电话那头传来了丁默的声音，那个熟悉的声音说道："菲菲，那个删了的账号就别再开了。"姚念菲根本没有缓过神来，身边匆匆地走过一些人，他们有些转头看着她和丁默，不知俩人发生了什么。而她和丁默就站在那条路上，面面相觑，她明白，自己被揭穿了。但姚念菲确信，她的脸没有因为羞愧而变红，反倒是苍白无色。隔了一会儿，姚念菲才慢慢地问道："什么？""菲菲，其实我一直都在离你最近的地方。"说完，他朝姚念菲点了点头，挂断了电话，转身离开。丁默知道，有些话说出了口，就不能再挽回了。

而此时的姚念菲好像灵魂出窍一样，这种只会在电影中出现的一幕，发生在了她的身上，她变成了一具躯壳，木木地站在那里。

丁默的背影和那天从校医院离开的时候一样，只是今天他们并没有携手伴着这夕阳永远地走下去。姚念菲抬起头，天空太蓝了，她闭上了眼睛。再次睁开双眼时，眼前的那条路空空荡荡的，一只小麻雀轻快地横穿过她面前，又飞向了另一边的树丛中，杳无踪迹。姚念菲的学生时代也随着这落日，一起落了下去，金色的边框把红色的宿舍楼勾勒出了好看的轮廓，只是她的轮廓，稍显落寞。

姚念菲打开手机，一条来自丁默的短信：菲菲，我曾经觉得你就好像一粒沙子，一粒小到找不见的沙子，在我的眼睛里，在我的耳朵里，在我的鞋子里，一点点地折磨着我。但我又舍不得把那粒沙子倒掉,这是我心甘情愿的。

丁默曾是姚念菲至暗时刻的那一缕光,但是最终还是暗淡了下来。她打开微博,登录"果敢的菲菲女士",写道:

> 曾经我们都认为
> 是彼此的光
> 我们都站在最高峰
> 活在阳光下
> 此时此刻
> 不知该说些什么
> 只是忽然
> 只是忽然很想你
> 以后
> 太阳每天都会照常升起
> 但再也没有那一声问候了

是啊,不知从哪天开始,再也没有来自她的问候了,你们会想念吗?